# EL LÍMITE DE LOS MONTES NEGROS

LA TIERRA DE ELYON LIBRO 1

# EL LÍMITE DE LOS MONTES NEGROS

## PATRICK CARMAN

SCHOLASTIC INC.

New York   Toronto   London   Auckland   Sydney
Mexico City   New Delhi   Hong Kong   Buenos Aires

Originally published in English as
*The Land of Elyon Book 1: The Dark Hills Divide*

Translated by Iñigo Javaloyes

ISBN 0-439-79175-8

12 11 10 9 8 7 6 5 4 3                    6 7 8 9 10/0

Printed in the U.S.A.

First Spanish printing, December 2005

*A Karen*

# AGRADECIMIENTOS

Quisiera agradecer a las siguientes personas y organizaciones por su contribución a este libro:

Jeremy Gonzalez, Jeffrey Townsend y Squire Broel. Sin ellos, el libro seguiría dentro de una caja en mi armario.

La gente de Book & Game Company en Walla Walla, Washington; Third Place Books en Seattle, Washington; y Barnes & Noble en Kennewick, Washington. La pasión por su trabajo fue la chispa que desencadenó todo.

Brad Weinman, por la ilustración épica de la tapa que tanto ha llamado la atención.

Kathy Gonzalez y Matt McKern, una pareja emprendedora y talentosa sin la que este libro no habría visto la luz del día.

Peter Rubie, un gran agente literario. Gracias por todo el trabajo que hiciste para que este libro saliera al mercado.

David Levithan. Si uno tiene la suerte de encontrar a un editor con tanto corazón y talento como David, a uno le irá bien.

Gene Smith, por haber encontrado y leído el libro y por haberlo apoyado.

Y Craig Walker, a quien respeto y admiro enormemente.

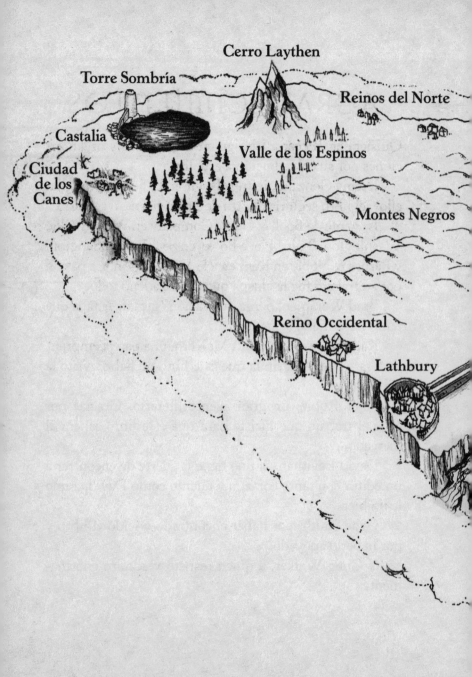

Ainsworth

Ciudad Décima

Gran
Desfiladero

LA
TIERRA
DE
ELYON

Lunenburg

Páramos Furtivos

Bridewell

Bosque
Fenwick

Cerro
Norwood

Turlock

Río Roland

# PRIMERA PARTE

# CAPÍTULO I

# WARVOLD

—Si no te callas, tendremos que volver a sentarnos junto al fuego —dijo mi acompañante. Se quitó su larga y pesada capa y me la puso sobre los hombros. Tuve que recogerla por atrás para no arrastrarla por la calle, pero enseguida me sentí arropada y dejé de temblar.

Al caer el sol empezó a verse el destello de las farolas, dispuestas a ambos lados de la calle cada siete metros. La pálida y amarillenta luz de las calles adoquinadas invitaba a la ensoñación. Cada vez que doblábamos una esquina, nos recibía una nueva y sinuosa fila de farolas, casitas y pequeños comercios. Algunas puertas estaban pintadas de color azul o morado, pero las casas propiamente dichas, estrechas y hacinadas, estaban todas encaladas de un blanco perfecto.

Caminamos juntos sin decir nada. Lo único que se oía en aquella quietud era el lejano ulular de una lechuza posada en algún lugar de la muralla al acecho de ratas y alimañas. Llegamos al final de una senda peatonal hasta una cancela de hierro. Él sacó una llave dorada del bolsillo y la introdujo en un pequeño relicario que llevaba en una cadena colgada alrededor del cuello y que yo ya había visto en otras ocasiones. Era nuestro líder. Nadie conocía tanto los misterios del mundo exterior. Esa era la razón por la que le habíamos confiado la llave oculta. Era él quien custodiaba casi toda nuestra historia y quien conocía nuestros mayores y más profundos secretos. Me quedé mirando cómo abría el relicario con su llave. De ahí sacó una segunda llave con la que abrió la cerradura de la cancela. La empujó y esta empezó a abrirse con el áspero lamento de la herrumbre.

Avanzó hacia la oscuridad hasta desaparecer y me pidió que lo siguiera sin hacer ruido. Le busqué la mano y me la tomó mientras avanzamos. Su larga capa iba arrastrándose por el piso tras de mí. Nos detuvimos. Alzó mi mano, la abrió con delicadeza y la llevó hacia adelante hasta una superficie de roca lisa, aún caliente por el día de sol que habíamos tenido. Estiré la mano tan alto como pude hasta tocar una juntura, sobre la cual continuaba la superficie de piedra.

—Es la muralla —dijo—. Pensé que te gustaría tocarla.

Se quedó callado. Lo único que se oía era su respiración. Después de una larga pausa prosiguió:

—He pasado mi juventud levantando esta muralla para protegernos del mal, y ahora me pregunto si no lo habremos encerrado con nosotros aquí dentro.

—¿Por qué dices eso?—. A medida que mis ojos se adaptaban a la oscuridad, empezaba a discernir sus rasgos y expresiones. Podía ver que deslizaba sus delicados dedos por la juntura de la muralla con un gesto grave. Su rostro estaba surcado de arrugas; la melena y la barba eran un solo revoltijo de pelo esponjoso y blanco.

—Te propongo una cosa, Alexa, ¿qué te parece si nos sentamos un rato y te cuento un cuento? Si no queremos que el viejo Kotcher nos suelte su jauría, lo mejor será que llamemos la atención lo menos posible.

Tenía fama de inventar relatos espeluznantes de arañas gigantes que bajaban por las paredes para comerse a los niños. Sólo de pensarlo me puse nerviosa.

—¿Qué clase de cuento vas a contarme? —pregunté.

—Más que un cuento es una fábula. La oí hace muchos años en uno de mis viajes, antes de todo esto —dijo con la mirada perdida y la mano extendida—. Pocos saben cuánto viajé en mi juventud. Kilómetros y kilómetros de camino recorrido, paso a paso, durante meses y meses. Solo, absolutamente solo. Luego llegaron Renny y Nicolás, y con ellos surgió en mí un instinto protector. Me horrorizaba estar alejado de mi familia durante periodos tan prolongados, así que dejé de aventurarme a regiones tan remotas. Tanto era mi temor que decidí construir estas murallas para proteger a mi familia y a todos los demás.

Estábamos sentados. Después de una pausa me clavó la mirada y prosiguió:

—Nunca olvides esto, Alexa. Si decides dedicar tu vida a algún proyecto, asegúrate de que sea algo de lo que puedas estar orgullosa en el futuro, cuando seas una vieja reliquia como yo—. Hizo una pausa, no sé si para darle más dramatismo a su relato o porque había perdido el hilo de lo que venía diciendo.

—Una vez, en un lugar muy lejano, oí esta fábula. Me gustó tanto que me la aprendí de memoria.

Empezó a contarme la historia, que decía así:

*Seis invidentes del Indostán,*
*ávidos de ciencia y de verdad,*
*acudieron a ver un elefante,*
*y aunque sólo veían oscuridad,*
*pensaron que simplemente al tacto*
*satisfarían su gran curiosidad.*

*Llegando el primero ante la bestia,*
*acercose sin miedo y sin apuro.*
*Se topó con su amplísimo flanco*
*y dijo entonces muy seguro:*
*"Les digo, amigos, que un elefante*
*no es muy distinto a un muro".*

*Dijo el segundo, palpando su marfil:*
*"Tan larga es que aquí alcanza*
*su punta acerada y fina.*
*Para mí no hay adivinanza,*
*el así llamado elefante*
*es casi idéntico a una lanza".*

El tercer ciego se arrimó al animal
y a tientas dio el invidente
con su larga y nerviosa trompa.
Dijo entonces, confiado y sonriente:
"Ya veo, el famoso elefante
es antes que nada una serpiente".

El cuarto le tocó las rodillas y dijo,
al sentir su grosor y sentirlo doble:
"No existe para tal criatura
comparación más justa o noble.
El que todos llaman elefante
es una variedad de haya o roble".

Llegó el quinto, le acarició la oreja
y dijo: "Cualquier ciego, pobre o rico,
diría lo mismo en un instante.
Quien lo niegue es ciego y pico;
les digo que el afamado elefante,
es una especie de abanico".

Al fin llegó el sexto ciego
y sin más lo agarró del rabo.
Tiró de él con fuerza y dijo:
"Diré esto y con esto acabo,
el elefante, que lo sepan,
es una suerte de cuerda o cabo".

*Los seis hombres del Indostán*
*encontraron campo abierto*
*para contrastar los seis rasgos*
*que juntos habían descubierto.*
*Todos cierta razón tuvieron,*
*mas ninguno estuvo en lo cierto.*

—No está mal para un viejo despistado —dijo.

—No digas tonterías. Yo creo que tienes una memoria prodigiosa.

—Son muchos los secretos encerrados entre estas murallas, y muchos otros siguen merodeando al otro lado —dijo con solemnidad—. Creo que unos y otros están a punto de encontrarse.

Luego dijo no sé qué de "si ellos siempre lo habían sabido" y siguió hablando cada vez más bajo hasta que no se oyó más que un murmullo.

Nos quedamos los dos sentados en silencio escuchando la suave brisa nocturna. Había algo, no sé si en sus palabras o en aquella noche, que se me había calado hasta los huesos y que me produjo un violento escalofrío. Sentía que algo no marchaba bien, algo que me hacía sentir pequeña e insignificante.

—Me está entrando frío, ¿podemos irnos ya? —le pregunté.

Warvold no me contestó. Cuando me acerqué para verlo mejor en la claridad de la noche, me di cuenta de que había muerto.

# CAPÍTULO 2

# LA CARRETERA DE BRIDEWELL

Entonces tenía doce años. Era una niña bajita de brazos finos y rodillas huesudas. Mi padre solía decir que podría ponerme su anillo de boda en la muñeca; lamentablemente, sólo exageraba un poco. Casi siempre llevaba mi largo cabello color arena recogido en una gruesa trenza.

Horas antes de la muerte de Warvold, yo estaba viajando con mi padre de nuestra ciudad, Lathbury, a Bridewell. Para una niña de doce años que no había tenido muchas aventuras, aquel era el acontecimiento más esperado de todo el año. El viaje transcurría sin ninguna novedad, salvo aquel espantoso calor, excesivo para principios de verano.

Había en Bridewell un edificio que años atrás había servido de cárcel. Bueno, era más bien un campo de trabajo donde encerraban a los criminales y vagabundos de nuestras ciudades. Durante las horas de luz, los presos cumplían sus condenas trabajando al otro lado de la muralla.

Al decir muralla no me refiero a los muros de la cárcel, que desde luego los tenía. Me refiero a la muralla que rodeaba todo Bridewell, una muralla en cuyo interior se

9

. la prisión y toda la ciudad, y que se extendía
iados de las carreteras que conectaban a Bridewell
.s ciudades de Lathbury, Turlock y Lunenburg.
. .stro reino tenía forma de rueda; era como una enorme
rueda de carreta labrada en piedra. Bridewell se encontraba en el eje y las otras tres ciudades estaban al final
de sus respectivos radios. La tarde antes de la muerte de
Warvold viajábamos por el radio de Lathbury en dirección a Bridewell.

Las murallas se alzaban sobre nosotros a ambos lados
de la carretera y atrapaban el calor en su interior como un
estrecho y alargado horno. Yo ya estaba acalorada y
harta.

—¿Padre?

—Dime, Alexa.

—¿Por qué no me cuentas la historia de la época en
que se construyó la muralla?

—Pero hija, ¿es que no te has aburrido de esa vieja
leyenda?

Yo sabía muy bien cuánto le gustaba contarla, por
supuesto. A mi padre le chiflaba contar historias, y esta
era una de sus favoritas. No tuve que esperar mucho para
oírla de nuevo.

—Thomas Warvold era un muchacho huérfano. Al
cumplir los trece años se marchó de su casa en busca de
aventuras, llevando todas sus posesiones en una pequeña
mochila. Se ausentó durante años sin que a nadie le importara adónde había ido. Lo tenían por un muchacho

10

inútil, sin familia y sin futuro; posiblemente nadie notó siquiera que se había marchado. Sin embargo, el joven Warvold era un muchacho valeroso, listo y emprendedor. Muchos años después, cuando ya había amasado su fortuna, se dijo de él que había sido un joven sin rumbo, una especie de náufrago que anduvo a la deriva durante más de dos décadas haciendo acopio de tesoros perdidos en lugares remotos de la Tierra de Elyon. Otros decían que vivió en bosques y montañas de extramuros, en sitios tan lejanos que ni siquiera figuraban en los mapas. En todo caso, lo que nadie discute es que acabó siendo un líder con la suficiente capacidad de persuasión como para convencer a muchos de sus conciudadanos de seguirle a una región encantada, sombría y peligrosa.

Camino a Bridewell se oía el eco de las pisadas de los caballos rebotando entre las descomunales murallas. Mi padre se calló durante unos instantes para rascarse la barba de tres días que le empezaba a dorar el mentón. Era un hombre corpulento con una mata desordenada de pelo rojizo. En invierno lucía una soberbia barba, pero los calores del verano aconsejaban una buena afeitada de cuando en cuando.

—A medida que Warvold prosperaba e iba incrementado su fortuna, la gente empezó a convencerse de que aquella región era, efectivamente, un lugar seguro para vivir, y poco a poco fueron asentándose más y más colonos. El primer valle colonizado por Warvold, lo que hoy conocemos como Lunenburg, acabó poblándose

11

hasta que no cupo ni un alma más, y tampoco había territorio hacia donde expandir la ciudad. A ambos lados se elevaban escarpadas montañas. En la boca del angosto valle estaba Ainsworth, una antigua ciudad. El extremo opuesto del valle en cuestión era una zona incierta y salvaje de la que sólo conocemos algunas leyendas de horror y de espanto. A pesar de todo, siguieron arribando más familias a la ciudad. Warvold se dio cuenta de que había llegado el momento de buscar nuevas fronteras.

»Al norte estaban las montañas gigantes, al este, un bosque impenetrable, y el oeste estaba ocupado por un macizo montañoso conocido como los Montes Negros. A los habitantes de Lunenburg les daba miedo aventurarse a los territorios del otro lado del valle.

»Y entonces Thomas Warvold tuvo otra de sus brillantes ideas...

Mi padre hizo una pausa. Por la derecha se acercaba una carreta tirada por dos caballos que venía levantando una tremenda polvareda. Mi padre miró de soslayo al jinete que trataba de adelantarlo.

—¡Ay, cielos, cuánto lo siento, Sr. Daley! —acertó a decir el carretero. El pobre acababa de darse cuenta de que en la carreta que tan groseramente se disponía a adelantar viajaban el mismísimo alcalde de Lathbury y su hija.

Cuando se disponía a dejarnos atrás, mi padre agarró las riendas y gritó, "¡Arre! ¡Arre!". Enseguida lo alcanzamos y no quedó más que un metro entre carro y carro y

12

un metro entre estos y las murallas que flanqueaban la carretera. Mi padre miró al hombre y exclamó:

—¡Llevo cinco años sin perder una sola carrera en la ruta de Bridewell!

El ímpetu de nuestros caballos, que salieron disparados a todo galope, casi me hizo caer del carro. Nuestro adversario, alentado por la emoción de medirse con alguien tan importante como mi padre, se mantuvo a nuestro lado un buen tramo. Sólo se oía el ruido ensordecedor de los cascos sobre la carretera, que repicaban en medio de una densa polvareda.

Lo único que veíamos era la enorme extensión de carretera amurallada que íbamos dejando atrás a toda velocidad. Las murallas estaban construidas con bloques de piedra de un metro cuadrado y tenían una altura de unos catorce metros, aunque una diría que llegaban hasta el mismísimo cielo.

Me quedé pensando en la muralla, que se extendía hasta las ciudades de Lathbury y Turlock, acorralándolas contra los acantilados del bravío y brumoso mar de la Soledad. Nuestro territorio también está surcado por el río Roland, bautizado en honor a la única persona que se aventuró a cruzarlo y de la que jamás se volvió a saber nada. Es un río de cauce ancho por el que se precipita una enorme masa de aguas bravas procedentes de montañas aún por cartografiar.

Yo iba ausente, inmersa en mis pensamientos y, desde luego, sin prestar la más mínima atención a la carrera.

13

Cuando mi padre tiró de las riendas para frenar a los caballos, casi salgo disparada hacia adelante.

—¡Qué agradable diversión! —dijo mi padre mientras su adversario llegaba por atrás cubierto de pies a cabeza de una densa capa de polvo—. Lástima la polvareda.

—Así es señor, así es. Mis caballos ya no son lo que eran, pero aún lo dan todo cuando corren —dijo aquel hombre, que hacía lo posible por sacudirse el polvo mientras avanzábamos al paso.

—¿Qué lo trae a Bridewell en un día tan endemoniadamente caluroso como este? —preguntó mi padre.

—En realidad voy a Turlock. Llevo el correo semanal de Lathbury.

—Supongo que tendrá usted nombre.

—Silas Hardy, señor, para servirle—. El cartero acabó de desempolvarse y nos miró, al fin, con una sonrisa franca y cordial que destacaba en su tez morena.

—Bueno, Silas, ¿qué le parece si lo escoltamos hasta Bridewell? No querría partir y dejarlo a merced de esas bestias tan poco fiables. Además, en estos momentos le contaba a mi hija la historia de la muralla. Es un relato de lo más ameno. Si quiere escucharlo, está usted invitado.

Silas levantó la mirada al sol, que caía a plomo entre las dos murallas. Grandes goterones de sudor le corrían por las sienes.

—La he oído mil veces, señor, pero estoy acalorado y

aburrido, y los caballos están exhaustos, así que adelante.

Se secó el sudor de la frente, apoyó los codos en las rodillas y se acomodó las riendas en sus manos carnosas.

Padre prosiguió entonces su relato:

—Como venía diciendo antes de que llegara Silas, Warvold se enfrentaba a un serio problema. Cada vez llegaba más y más gente a Lunenburg: pioneros, mineros, comerciantes y familias. Emigraron al valle en busca de una vida mejor hasta que, al final, la pequeña ciudad acabó desbordada.

»Entonces a Warvold se le ocurrió una idea. Una idea *extraordinaria*. Decidió construir una carretera amurallada que condujera a tierras desconocidas y al final de la cual crearía una nueva ciudad. Siempre y cuando hubiera una muralla delante, se podrían mantener a raya los misteriosos peligros que merodeaban en el mundo exterior. —Después de una pausa, entornó la mirada y dijo—: El único problema era encontrar gente dispuesta a construir la muralla. Los habitantes de Lunenburg no se iban a arriesgar siquiera a pisar el mundo exterior, una necesidad ineludible para las obras.

»No, Warvold tendría que recurrir a otra gente. Así que se reunió con las autoridades de Ainsworth, la gran ciudad de la que él mismo procedía.

»Ainsworth tenía una cárcel atiborrada de ladrones y tipos violentos de la peor calaña. En aquella ciudad se llevaba a los malhechores ante dos jueces que les asignaban la letra C de criminal y los enviaban a prisión a hacer trabajos forzados.

Un halcón pasó volando muy cerca de los carruajes. Otro nos observaba desde su atalaya, en lo alto de la muralla, a mano derecha. Estas aves se ven con frecuencia volando entre las murallas, y a medida que nos aproximábamos a las puertas de la ciudad, aparecieron muchas más.

—Warvold llegó a un acuerdo con los gobernantes de Ainsworth —dijo mi padre—. Hacía tiempo que había empezado a construir una cárcel en Lunenburg, y él estaba dispuesto a llevarse a trescientos de los peores criminales de la penitenciaría de Ainsworth. Había una sola condición. Warvold exigió que le dieran la absoluta garantía de que podría devolver a los presos diez años después.

»A los gobernantes de Ainsworth les gustó la propuesta. Su cárcel sólo tenía capacidad para cuatrocientos presos y estaba a rebosar. Si le entregaban los presos a Warvold, se podría aprovechar su ausencia para hacer las obras de ampliación requeridas. Además, todos los presos habían sido condenados a realizar trabajos forzados.

»El trato quedó cerrado. Un año después terminaron las obras de la cárcel de Lunenburg y le entregaron los reclusos, tal y como habían acordado. Como Warvold no estaba dispuesto a correr el riesgo de que los presos se escaparan sin ser vistos, ideó un sistema para que se pudiera ver la *C* que llevaba cada criminal y saber así quién era un criminal y quién no en la ciudad de Lunenburg.

»Bueno, Alexa, ya conoces el resto de la historia —dijo mi padre—. Warvold puso a los criminales a trabajar y al cabo de tres años terminaron de construir las murallas que van hasta lo que hoy conocemos como Bridewell. Por aquel entonces siguió llegando gente al valle. Cuando se terminó la carretera amurallada, la situación en Lunenburg era insostenible. La ciudad empezó a ceder a la presión demográfica, como el corcho de una botella de vino picado. Muchos de sus habitantes emigraron y se asentaron en Bridewell y ayudaron a levantar los tres kilómetros de muralla que actualmente rodea la ciudad. Una vez terminada la muralla de Bridewell, Warvold ordenó que los presos emprendieran la construcción de otras dos carreteras. Al cabo de varios años se terminaron las carreteras amuralladas de Turlock y Lathbury. Y así fue como nuestro reino alcanzó su configuración actual.

»Pasado el plazo acordado, Warvold entregó a los presos a las autoridades de Ainsworth, tal y como había prometido. Los devolvió a todos, excepto a unos cuantos que murieron por accidente o enfermedad.

Y ahí dio por concluido el relato mi padre, ante las puertas de Bridewell.

# CAPÍTULO 3

# BRIDEWELL

Bridewell estaba en el centro geométrico de nuestro pequeño universo. La ciudad tenía tres portones —idénticos al que habíamos cruzado aquella tarde—, uno para cada carretera amurallada del reino. Los portones eran de hierro y roble macizo, y se levantaban mediante un mecanismo de engranajes y enormes cadenas cuyos eslabones tenían el tamaño de una cabeza de caballo. Cada puerta estaba flanqueada por dos atalayas, una a cada lado, de manera que los centinelas pudieran vigilar quién entraba y salía de la ciudad.

—¡Icen el portón de Lathbury! —exclamó el centinela desde la atalaya izquierda—. ¡Ha llegado el Sr. Daley!

El portón empezó a levantarse ante nosotros con un espantoso crujido, se atrancó y al cabo de unos instantes volvió a moverse. El portón se abría entre el crujido de la madera y una algarabía metálica de cadenas en movimiento. Al despegarse del suelo apareció una franja intensa de luz. Yo me agaché para mirar por debajo y me fui levantando a medida que ascendía la quejumbrosa puerta. Finalmente apareció Bridewell.

Seguía tal y como yo la había recordado: una ciudad de casas aglomeradas y edificios surcados por estrechas

18

callejuelas. Ninguna de las casas tenía más de dos pisos, así que era imposible asomarse al mundo exterior desde ninguna de ellas. Las casas y las calles eran muy sencillas, estaban bien cuidadas y era evidente que se habían esmerado en su construcción. Las casas estaban hechas de piedra y madera: las fachadas eran de roca, las puertas y alféizares de madera noble y las tejas de tabla contrachapada. Las calles y las aceras estaban adoquinadas y, aunque con el tiempo habían cobrado un tono parduzco, no había en ellas nada de basura.

A lo lejos se veía el único edificio que alcanzaba los tres pisos de altura. La fachada principal daba a la cara oeste de la linde entre la ciudad y los Montes Negros, a extramuros de Bridewell. Aquel edificio era la antigua prisión, un lugar en el que yo había comido y pasado muchas noches, y cuyas salas y pasadizos había investigado en numerosas ocasiones.

Cuando los presos fueron devueltos a Ainsworth, las autoridades se dieron cuenta de que Bridewell no necesitaba una cárcel. Bautizaron el edificio con el nombre de Renny Lodge. En sus numerosas estancias se crearon dos tribunales, una biblioteca y varias aulas para maestros y aprendices de diversas artes y oficios. También se dedicó una parte del gran edificio a la reunión anual a la que habíamos acudido mi padre y yo. Constaba de elegantes dormitorios, una amplia zona para la cocina y el comedor, una sala de reuniones donde se debatían los asuntos oficiales y un salón de fumar con una gran chimenea (aunque

19

los días eran calurosos, las noches de Bridewell eran muy frías y no era infrecuente que la chimenea se mantuviera viva en los meses de verano). El sótano era un lugar con olor a moho que albergaba las antiguas mazmorras de la prisión y que solamente se empleaba como zona de seguridad durante el traslado de prisioneros de unas ciudades a otras.

Éramos una sociedad sencilla y pasiva, la verdad, y por lo general bastante reservada. Eso sí, durante los veranos había una intensa actividad comercial, sobre todo de artesanías locales. Además de médicos, deshollinadores y tenderos, en todas nuestras ciudades había artesanos dedicados a la fabricación y reparación de libros. En Ainsworth se decía que éramos los mejores y más fiables creadores de encuadernaciones de lujo; también teníamos fama de ser muy diestros en el arte de la restauración de viejos y valiosos libros y manuscritos.

Durante los días más calurosos del verano, Bridewell se quedaba prácticamente desierta. La mayoría de sus habitantes estaban en Lunenburg haciendo acopio de libros dañados, comprometiéndose a nuevos proyectos, entregando volúmenes restaurados o participando en las actividades comerciales propias de nuestra sociedad. Los visitantes del mundo exterior llegaban a Lunenburg a través de una pequeña puerta celosamente vigilada. Muchas veces llegaban con nuevos libros para restaurar o con obras manuscritas que nuestros escribas y artesanos se encargaban de editar. Con tantos vecinos ausentes por cuestiones de trabajo, Bridewell se convertía en un lugar ideal para la exploración.

Al fin llegamos a Renny Lodge, un edificio imponente de forma casi cúbica. Me bajé del carruaje de inmediato, feliz de no tener que soportar más baches. Salió a recibirnos un criado que llevó hacia adentro el equipaje de mi padre. Yo preferí llevar el mío. Nos acercamos hasta el umbral de la puerta. Fui dando brincos hasta la entrada del edificio de piedra y contando a medida que avanzaba, *uno, dos, tres...*

Renny Lodge estaba dividido en varias secciones. Al entrar te encuentras con un amplio recibidor y un pasillo que conduce a las aulas del primer nivel, a los tribunales y a las recámaras de los aprendices. Alguien recogió los tapices de terciopelo rojo de las ventanas y entró un haz de luz, salpicado de millones de partículas de polvo, que iluminó las escaleras que conducían al segundo nivel. Las escaleras que bajan a las mazmorras estaban ocultas en la penumbra.

—Vaya, vaya, menudo bochorno. Es de esperar que cuanto más subamos más intenso sea el calor. Pues nada, vamos —dijo mi padre, y empezó a subir los escalones de dos en dos. Yo lo seguí a toda prisa, ayudándome de la barandilla para no quedarme rezagada, y no lo alcancé hasta que llegamos arriba.

A padre siempre le habían gustado las entradas triunfales y esta no fue una excepción. Irrumpió en el salón de fumar con los brazos abiertos, dispuesto a aceptar un fuerte abrazo de quienquiera que estuviera dispuesto a dar la bienvenida a un viajero cansado.

—Vaya, vaya. Si es mi señorita preferida —dijo un hombre que ignoró por completo a mi padre y que me levantó por los aires como una pluma. Ese hombre era Ganesh, el alcalde de Turlock, un hombre alegre y ocurrente que manifestaba un cariño entrañable por cualquiera que se cruzara en su camino. Si Warvold era la cabeza de Bridewell, se podría decir que Ganesh era su corazón.

—Hace tanto tiempo que no llueve en la región que los árboles están sobornando a los perros —dijo rozándome el hombro desnudo con su densa y negrísima barba.

Se podría decir que el salón de fumar era la estancia más confortable de todo Renny Lodge. Las abundantes ventanas, flanqueadas de tapices morados, llenaban el salón de una luz alegre; el suelo estaba cubierto de alfombras de sofisticados diseños sobre las cuales se habían dispuesto elegantes muebles. Una de las paredes estaba ocupada por una imponente chimenea de piedra, alrededor de la cual había sillas y sillones de aspecto confortable. En la pared de enfrente había unas puertas de doble hoja que conducían a la sala oficial de reuniones.

Me asomé sobre el hombro de Ganesh y vi a un decrépito Warvold sentado en un mullido sillón rojo. Sonrió al verme y me guiñó un ojo y a continuación extendió su brazo hacia mí. Ganesh me dejó en el suelo, miró a mi padre de arriba abajo y dijo:

—¡James Daley! Se diría que sigues teniendo la fuerza de tres bueyes.

Mientras Ganesh y mi padre conversaban, me acerqué a Warvold, que abrió su mano reseca y huesuda y tomó la mía. Me acercó la cara a su rostro avejentado. En sus ojos verdes seguía habiendo un destello de niño travieso. El anciano me acercó aun más a él y me susurró al oído:

—Luego, después de la caída del sol, cuando todo se haya calmado, ven a buscarme al comedor y te llevaré a dar un paseo por las calles de Bridewell.

Los próceres del reino ya habían terminado sus salutaciones protocolarias. Ahora empezaba el trabajo de verdad y lo que me correspondía a mí era retirarme a mi alcoba. Mientras subía por las escaleras de roble con mi bolsa de viaje en la mano, giré para contemplar el enorme salón de fumar con sus paredes de piedra, el polvo bailando en el aire, el eco de voces importantes que volvían a encontrarse. Me sentía demasiado joven como para preocuparme por los asuntos públicos de nuestras ciudades, y mi padre, al mirarme desde abajo, me transmitió una extraña vibración: quiso comunicarme que ahuecara el ala porque no me convenía en absoluto saber de qué iban a hablar, y que si se me ocurría quedarme espiando por los rincones, habría consecuencias desagradables.

Que yo recuerde, siempre nos habíamos quedado en las mismas alcobas y jamás habíamos coincidido con otros invitados. Warvold sólo tenía un hijo que dirigía los asuntos de Lunenburg cuando se ausentaba su padre. Mi madre hacía lo mismo en Lathbury, y esa era la razón por la que los únicos miembros de la familia en acudir a la reunión anual de Bridewell éramos mi padre y yo. Warvold enviudó dos años después de que se terminara la muralla, y no se volvió a casar (su esposa se llamaba Renny, de ahí el nombre del edificio municipal, Renny Lodge). Ganesh, por su parte, nunca perdió su espíritu inquieto y disfrutaba de la libertad de una vida solitaria, por lo que siempre llegaba solo a todas partes sin que esto pareciera molestarle en lo más mínimo.

El pasillo del tercer nivel tenía el olor seco de las cosas viejas, un olor que yo asociaba con la libertad y la aventura. Cerca de las escaleras estaban las puertas que daban a mi lugar preferido de Renny Lodge, la biblioteca. En Bridewell Common abundaban los libros antiguos y los más increíbles de todos estaban en aquella biblioteca bajo la custodia de mi mejor amigo en Bridewell, un viejo encantador llamado Grayson. A esa hora la biblioteca ya estaba cerrada, así que me di media vuelta y caminé hacia mi alcoba, que estaba al otro extremo del pasillo. Oí voces lejanas que ascendían desde abajo deformadas por sus propios ecos.

La ventana de mi alcoba daba a un mar de hiedras que invadían la muralla y la cruzaban hacia el lado opuesto. Fijé la mirada en la parte más alta, allí donde la roca de la muralla se mezclaba con los colores de la lejanía. Sabía que podría caminar libremente por Bridewell durante treinta días. Mientras mi padre se ocupaba de los asuntos del reino, yo me dedicaría a explorar. Y quizá, sólo quizá, conseguiría encontrar lo que había estado buscando durante tantos veranos.

Una salida de la muralla.

CAPÍTULO 4

# PERVIS KOTCHER

Desde mi alcoba y, por lo que sé, *sólo* desde la mía, había una vista panorámica reducida pero privilegiada del mundo exterior. Si me ponía de puntillas en el alféizar de la ventana, que estaba a un metro del piso, podía asomarme hacia afuera. Desde ahí podía ver la muralla y más allá. Así que en cuanto llegué a mi alcoba, me subí al alféizar y miré a lo lejos en todas las direcciones.

Me bajé de un brinco y fui corriendo hacia mi bolsa. Mi padre me había regañado por no haber traído prendas más abrigadas. Naturalmente, tenía cosas mucho más importantes que empacar.

En cuanto guardé toda mi ropa, puse manos a la obra. Desaté el cordón que surcaba lo que a primera vista parecía el fondo de la bolsa. Le había cosido dos lengüetas de cuero que encajaban perfectamente en el centro. En realidad era un doble fondo que me permitía disponer de un tercio del espacio para guardar mis cosas secretas. Después de quitar el cordón, aparté ambas lengüetas, dejando al descubierto una curiosa colección de objetos.

Un trozo de caramelo, un talego de monedas y un libro; un estuche con pequeños instrumentos metálicos que le compré a un mercader de Lathbury; una brújula, sobres, una pluma y tinta, lacre, velas, fósforos de madera y un viejo reloj. Hurgué en mi colección de cosas secretas hasta encontrar lo que buscaba, un pequeño y ornamentado catalejo que me llevé sin permiso de uno de los cajones de la alcoba de mi madre.

Deslicé los dos cilindros imbricados y acaricié su bruñida superficie. El catalejo tenía un diseño antiguo color anaranjado y púrpura y unos anillos de metal en el extremo final de cada sección. Volví a trepar al alféizar y miré a través del catalejo. A lo lejos se veían unas colinas onduladas casi sin árboles; la vegetación dominante era de arbustos y matorrales de distintos tonos de verde.

A la derecha se podía apreciar el portón de Turlock y sus dos atalayas defensivas. Era ahí donde la única persona de Bridewell que me odiaba pasaba la mayor parte de su tiempo. Era un hombre menudo que vivía convencido de que todo lo que había al otro lado de la muralla era maldito y peligroso. Por alguna razón que jamás he alcanzado a comprender, Warvold lo adoraba e incluso llegó a ponerlo al mando del cuerpo de centinelas del reino. Hay que admitir que patrullaba las calles y las murallas de Bridewell con una entrega y una tenacidad admirables, pero era un hombre excesivamente receloso y desconfiado. Aquel individuo intuyó de un modo prodigioso mi interés por el mundo exterior, y en cada una de mis visitas a Bridewell me seguía como mi propia sombra. Malo, repugnante y pegajoso como una sanguijuela. Así era, en resumidas cuentas, Pervis Kotcher.

Por un instante me pareció ver por el catalejo un

movimiento que disipó a Pervis de mis pensamientos. A extramuros de la muralla nordeste, el valle daba paso a una enorme extensión de colinas que se iban haciendo más altas con la distancia hasta desaparecer en la bruma del horizonte. Los arbustos formaban una densa capa de vegetación sarmentosa de tonos rojos, verdes y pardos. Los colores de los matorrales eran más claros en las colinas más próximas y se iban haciendo más oscuros con la distancia. En las colinas más lejanas, la cubierta vegetal era de un tono sombrío e inhóspito.

Volví a ver movimiento a unos cien metros de la muralla, en un macizo de plantas rojizas. ¿Sería un animal grande que merodeaba por los Montes Negros? ¿O acaso alguna bestia maligna oculta entre las frondas? Me pegué el catalejo al ojo y forcé la vista mientras hacía un barrido metódico de la zona. Sólo se movían algunas ramas, seguramente mecidas por la brisa. A lo mejor todo lo que vi fue un arbusto agitado por el viento.

Seguí peinando la zona hasta que me empezó a doler el cuello y se me entumeció la espalda. Decidí tomarme un descanso y, sin más, cerré el catalejo. Cuando me disponía a bajarme del alféizar, casi me di de bruces con él.

—Vaya, vaya, vaya. Alexa Daley.

Me llevé tal susto que perdí el equilibrio y me caí del alféizar. Era Pervis Kotcher.

—¿Qué voy a hacer contigo, Alexa? —dijo con un tono condescendiente. Pervis me miraba con su sonrisa malévola mientras yo me frotaba la rodilla y me metía el catalejo en el bolsillo, deseando que no lo hubiera visto. Me levanté y me puse delante de él, sintiéndome bastante más pequeña que mi escaso metro y cuarenta centímetros de estatura.

Pervis sería unos treinta centímetros más alto que yo. Llevaba el pelo suelto, a la altura de los hombros, y tenía los ojos oscuros y hundidos. Es posible perderse en las profundidades de ciertas miradas, especialmente en las miradas de ojos bellos y expresivos. La mirada de Pervis, sin embargo, recordaba más bien a los ojos de las ratas y otras criaturas de la noche. Por eso me costaba tanto mantenerle la mirada.

Pervis se puso el dedo en la boca y me miró fijamente mientras se daba golpecitos en sus finos labios. Durante mi ausencia se había dejado crecer un ridículo bigote.

—Ya veo que has vuelto y que sigues tan descuidada como de costumbre.

Se paseaba por la alcoba, acercándose peligrosamente a mi bolsa abierta.

—Hasta ahora hemos tenido un verano estupendo en Bridewell, lo cual no es en absoluto motivo para que los hombres de uniforme dejemos de cumplir con nuestras obligaciones, por mucho que estos días nos resulten monótonos y aburridos. Naturalmente, ahora que has venido tengo razones de sobra para pasar un verano de lo más entretenido, ¿no te parece?

Pervis se asomó a la bolsa, dispuesto a hurgar en mis cosas.

—El bigote te hace más bajito —le dije, sabiendo muy bien el riesgo que asumía al decir algo así en mi alcoba sin nadie que me defendiera. De inmediato sacó la mano de la bolsa y me señaló con el dedo.

—Creo que debemos dejar algo claro desde el principio —dijo—. Si vuelvo a verte subida ahí tendré que hablar muy seriamente con tu padre.

Entonces se quedó callado, me clavó sus ojos y se puso la mano en la porra negra que llevaba en el cincho.

—No te pierdo de vista, Alexa Daley. La única excusa que necesito para darte con esta porra en las rodillas es verte cerca de la muralla. ¿Nos entendemos?

Yo asentí con la cabeza.

—Ah, y otra cosa, dame ahora mismo el catalejo que llevas en el bolsillo —dijo—. Así evitaremos que se te ocurra alguna locura.

—No sé de qué me estás hablando.

Pervis elevó el tono.

—Dame el catalejo *ahora mismo,* de lo contrario te llevaré abajo y haré que me lo entregues delante de tu padre, Ganesh y Warvold.

Si mi padre se enteraba de que había estado mirando al otro lado de la muralla con un telescopio y que, además, ese telescopio pertenecía a mi madre, de seguro que limitaría seriamente mi libertad durante el resto del verano. Así que me lo saqué del bolsillo, le eché una última mirada y se lo pasé a Pervis.

30

—Eres una don nadie, Alexa. Un gusano. Y entre tú y yo, tu padre también lo es.

Pervis se dirigió hacia mi bolsa con una burda sonrisa en la cara. Y cuando estaba a punto de meter la mano, oí unos pasos que se aproximaban a la alcoba. Pervis se metió el catalejo en el bolsillo a toda prisa y se pasó la mano por su hirsuta pelambre.

Warvold apareció en el umbral de la puerta y se quedó mirando a Pervis con una mirada inquisitiva.

—Kotcher, ¿se puede saber qué estás haciendo aquí? —preguntó, quieto como una estatua.

—Estoy con Alexa, recordando los viejos tiempos. Es que hace mucho que no nos vemos —contestó Pervis.

Warvold le clavó una mirada acusadora y dio un paso hacia delante.

—Anda, vuelve a tu puesto y protege la ciudad de las hordas malignas y todo eso. Alexa y yo tenemos una cita a la que vamos a llegar tarde por tu culpa.

Pervis me echó una mirada fugaz. Era evidente que estaba pensando en mostrarle mi catalejo, pero no lo hizo.

—Muy bien, señor. Como desee —dijo. Y con una reverencia, desapareció por la puerta.

Warvold me pidió que lo siguiera, bajamos las escaleras y salimos a dar un paseo por las calles de la ciudad. Como ya dije antes, ese encuentro culminó en su muerte. Yo me quedé sola, lejos de Renny Lodge y paralizada de miedo.

31

Al verlo muerto me quedé encogida contra el muro, tratando de absorber el escaso calor que pudiera quedar en aquellas piedras gigantes. Me fijé en el relicario que pendía del cuello sin vida de Warvold y en su puño cerrado, en el que aún conservaba la llave. Aquello me hizo pensar en cosas impropias de una circunstancia como aquella. Me dije que de haber alguien que supiera cómo salir al otro lado de la muralla, ese sería Warvold. No sabía qué otras consecuencias podría tener el poseer esa llave, pero tenía el presentimiento de que tenerla en mi poder me acercaría un paso más a estar sentada contra esta misma muralla, pero desde el otro lado.

El deseo de tener la llave me dio una pizca de valor, el suficiente para tocar la muñeca fría y huesuda de un cadáver en la oscuridad.

Sin el abrigo, la vieja muñeca de Warvold se veía más delgada, fría y pegajosa, y se apreciaba una fina capa de piel escamosa. Cerré los dedos alrededor de su muñeca y levanté su brazo pesado e inerte. En ese instante superé el estado de perturbación en que me encontraba y tomé plena conciencia, por vez primera, de que mi viejo amigo Warvold había muerto. Supe que jamás volvería a hablar con él, que nunca volvería a darle la mano y que jamás volvería a contarme sus terroríficos cuentos. Antes de tocarlo pensé que al hacerlo sentiría miedo o pánico. Sin embargo, sentí una tristeza y una soledad indecibles. Me senté en la oscuridad, apreté la mano amiga de Warvold y lloré amargamente.

Tardé mucho tiempo en recuperar la compostura. Cuando finalmente logré serenarme, le levanté la mano para intentar sacarle la llave de su puño cerrado. Mientras le alzaba el brazo, se me escurrió y lo dejé caer sobre la tierra. Volví a levantarlo con mucho cuidado y lo dejé reposar en su propio regazo, luego fui abriéndole los dedos, uno por uno, hasta que tuve ante mí la llave dorada. Se la quité de la mano, la introduje en la cerradura del relicario y lo abrí. A continuación volví a ponerle la llave dorada en la mano y se la cerré en un puño. En el relicario había dos llaves.

Sujeté el relicario con una mano y saqué las llaves. Una de ellas era grande y dorada, la otra pequeña y plateada. Después de mucho cavilar pensé que lo mejor sería dejar una llave en el relicario con el fin de evitar sospechas cuando Ganesh o mi propio padre comprobaran su contenido. Así que miré las dos y dejé la llave grande con la que abrió la cancela.

Me incorporé y sentí los pies doloridos de estar tanto tiempo sentada a la intemperie. Miré por última vez a Warvold y empecé a caminar hacia Renny Lodge. Regresaba de un simple paseo con una terrible sensación de pérdida... pero también había encontrado algo.

# CAPÍTULO 5
# LA BIBLIOTECA

Al llegar a Renny Lodge me fui directamente al salón de fumar y me encontré a Ganesh fumando una pipa al calor del fuego. Cuando le dije que Warvold había muerto, me envolvió en un cálido abrazo que templó mi cuerpo y consoló mi ánimo. Nos quedamos un buen rato sin apenas cruzar una palabra. Pasados unos minutos, llegó mi padre, que afrontó la situación con su pragmatismo característico.

—¿Dónde se encuentra el cuerpo? ¿Estás bien, Alexa? Habrá que ir pensando en los preparativos.

Aunque mi padre tenía una inclinación natural a resolver todo tipo de problemas prácticos, terminó por derrumbarse y se quedó sentado junto a mí con las manos en las sienes y sin saber qué decir.

A partir de ese momento, mi padre y Ganesh serían los responsables de llevar los asuntos del reino. Serían ellos quienes habrían de demostrar la sabiduría de un viejo estadista y la capacidad para velar por todos nosotros. Sentados ante el resplandor de la chimenea, sintieron que el peso de la responsabilidad sellaba para siempre un ayer fácil que jamás habría de volver.

Al día siguiente, los habitantes del reino empezaron a llegar a Bridewell. Al cabo de unas horas arribaron cientos de vecinos, y en cuanto se corrió la voz a las demás ciudades, una enorme muchedumbre confluyó en Bridewell. En la mañana del funeral, tres días después de la muerte de Warvold, Bridewell estaba atestado de gente. Era una ciudad pequeña, de apenas varios kilómetros cuadrados, y los centinelas mantuvieron las puertas abiertas hasta que no cupo ni un alma más. Los demás se quedaron esperando en larguísimas caravanas a lo largo de las carreteras a Lathbury, Turlock y Lunenburg. Mi padre se subió a una de las atalayas del portón de Lunenburg, y me dijo que la fila de carros y caballos se perdía en la distancia.

Las autoridades decidieron que la única manera de facilitar la estancia de aquella multitud sería mediante un sistema de rotaciones de entrada y salida de carruajes. El día del entierro los centinelas abrieron un portón, dejaron pasar a una docena de carruajes por un lado e hicieron salir a otros doce por el otro. Al cabo de unos minutos volvían a cerrar el portón y abrían el siguiente. Aquella operación duró hasta el anochecer.

Durante el funeral, mi padre y Ganesh elogiaron a Warvold y relataron sus hazañas. Hablaron de sus aventuras, de su prodigioso talento como arquitecto, de su capacidad de liderazgo. Yo los escuchaba asombrada.

Pervis andaba huroneando por ahí, ansioso como una comadreja, metiendo las narices en todo, acusando a este o aquel de haber transgredido tal o cual norma, haciendo preguntas capciosas.

Aquella aglomeración de gente suponía un problema para una urbe tan chica y humilde como Bridewell, que acabó bastante deteriorada durante los funerales de Warvold.

Por fortuna, las cosas fueron volviendo poco a poco a la normalidad. Las emociones se fueron apaciguando y la gente empezó a desalojar la ciudad. Bridewell no tardaría en quedarse prácticamente vacía. Mi padre y Ganesh se dedicaron a la tarea de ordenar los asuntos del reino y recibieron a Nicolás, el hijo de Warvold, en el círculo de gobierno. Nicolás había heredado la energía y la ambición de su padre, pero era un hombre de otra generación; era más tranquilo y siempre parecía dispuesto a escuchar y a aprender. Era evidente que los tres se entenderían a la perfección. Con tantas reuniones de Estado por delante, supe enseguida que vería muy poco a mi padre durante las tres semanas siguientes.

Había llegado el momento de centrarme en mi objetivo principal, que para mí no era otro que hallar el modo de salir de la muralla. Deseaba más que nunca respirar el aire limpio de los bosques y las montañas, y confiaba en mi nueva aliada para conseguirlo: la llave de Warvold.

El día después del funeral, a las tres de la tarde, la multitud había quedado reducida a un leve murmullo de vecinos y viajeros que hacían preparativos para el viaje de regreso. Fui a la biblioteca a ver a mi amigo Grayson y a ocultarme de lo que quedaba de aquel bullicio. Habían pasado tantas cosas desde mi llegada a Bridewell que aún no había tenido ocasión de perderme en aquel laberinto de libros en busca de nuevas e interesantes lecturas o de escuchar el crujido de la madera a cada paso. Nada más abrí la puerta sentí el delicioso y entrañable aroma a libro viejo y la serena quietud tan propia del lugar.

La biblioteca era un auténtico laberinto de elevadas estanterías repletas de innumerables y antiquísimos tomos. Warvold fue un viajero erudito y la biblioteca constaba en gran parte de los libros que había coleccionado durante sus muchas andanzas. Años después, cuando sólo viajaba por cuestiones de la máxima urgencia, pidió a los dignatarios de todas las ciudades de la Tierra de Elyon que al visitar nuestro reino portaran consigo un libro especial. Cuanto más fascinante fuera el libro o más trabajada estuviera su encuadernación, mejor sería el recibimiento otorgado al emisario. Y así, la biblioteca de Bridewell acabó convirtiéndose en la más completa y envidiada de todo Elyon.

Había hileras e hileras con millares de los más diversos volúmenes. El laberinto de estantes empezaba en un abanico de pasillos. Algunos terminaban en un muro o en un banco de piedra y otros se iban cerrando en espiral o conducían a otros pasillos. Entre todos ellos había uno que llevaba al que yo consideraba como el mejor rincón de lectura del universo. Se accedía al trasponer dos esquinas consecutivas que daban a un largo corredor, al final del cual había una pequeña estancia. Aquel cuartucho tenía un ventanuco con vistas a una sección de muralla totalmente cubierta de hiedra que daba a los Montes Negros. Allí, encajado en una esquina, había un sillón desvencijado con una caja de madera delante a modo de reposapiés. Era un sitio tranquilo, apartado y cómodo: un auténtico paraíso.

Iba allí a menudo, y no era raro que me pasara días enteros leyendo y descabezando alguna siestecita entre libro y libro. Algunos eran muy aburridos: tratados y ensayos jurídicos, pero en otros se narraban fascinantes historias de las ciudades, aldeas y regiones de nuestra tierra. Mi libro favorito era uno de cuentos y leyendas que hablaban de animales exóticos, junglas fantásticas y humedales. Sin embargo, lo que más anhelaba era información verdadera sobre los bosques y montañas de extramuros y, en concreto, sobre los Montes Negros. Aunque busqué y busqué, no hallé prácticamente nada. Tan sólo referencias al origen misterioso de seres mágicos de regiones lejanas que se parecían a las historias que nuestra gente contaba sobre los bosques colindantes. Era una información muy limitada que no hacía referencia alguna a las regiones más próximas ni al tipo de fauna con que podría encontrarme al otro lado de la muralla.

Sam y Pepper, los dos gatos de la biblioteca, fueron responsables de muchas de mis siestas. Aquellos deliciosos felinos me incitaban al sueño acoplándose en mi regazo al sol de media tarde, ronroneando y suplicando caricias. Llevaban unos hermosos collares de cuero incrustado de piedras preciosas de los que pendía un pequeño medallón artesanal. Los gatos eran propiedad de la difunta Renny Warvold y vivían entre aquellas paredes desde que yo tengo uso de razón. Tenían un montón de años, calculo que quince o dieciséis, y se pasaban casi todo el día durmiendo.

Grayson venía cinco días a la semana para ordenar los libros. También era un diestro restaurador de tomos antiguos y se pasaba el día encerrado en un pequeño despacho de la biblioteca arreglando lomos descuadernados y páginas rasgadas. Sentía un entrañable afecto por Grayson. Era amable, delicado y posiblemente la persona con mayor capacidad para escuchar que haya conocido.

Me acerqué por un corredor y me asomé a su despacho. Estaba inclinado sobre un gran manuscrito para el que quería encontrar una tapa adecuada que reemplazara los restos corroídos de su vieja cubierta de cuero. Cuando vio que asomé la cabeza, esbozó una enorme sonrisa y se levantó a recibirme con los brazos abiertos.

Nos abrazamos con fuerza y su enorme barriga me empujó hacia atrás. Después dejé escapar un sollozo, pues aún me sentía mal por los últimos acontecimientos, pero me serené y lo miré en sus profundos ojos pardos.

—Estás aun más esquivo que la última vez que nos vimos —le dije, secándome las lágrimas con la manga—. ¿Cómo has podido perderte el funeral más multitudinario de nuestra historia?

Grayson, nervioso por la pregunta, empezó a mover los pies de un lado a otro.

—Sí, sí, ya sé que debí haber ido, pero es que odio las muchedumbres, las odio. Así que me quedé aquí y saqué los libros favoritos de Warvold, les saqué brillo, les quité las solapas y alisé algunos bordes arrugados.

Grayson pasó al otro lado de su escritorio y me observó mientras se acariciaba el bigote canoso. Se sentó y me mostró un librito bastante deteriorado.

—Mira. Este era el favorito de Warvold, el libro que más quería.

Me lo extendió y lo tomé entre mis manos.

Era un libro mediano, negro, encuadernado en piel y en muy mal estado. En la tapa decía *Mitos y leyendas de la Tierra de Elyon.*

—A Warvold le encantaban estas cosas —prosiguió Grayson—. Cuentos y fábulas absolutamente descabellados de todos los rincones de la tierra. A veces llegaba después de un día de intensas reuniones con tu padre y con Ganesh y se sumergía en este libro. Se sentaba ahí mismo, enfrente de mí. Yo me quedaba trabajando en lo mío y él leía. Su compañía me resultaba de lo más grato. Luego volvía a poner el libro en la estantería y se marchaba a la cama, o quizá a fumarse una última pipa al calor de la chimenea.

Hojeé las páginas gastadas del libro. Estaba impreso en una letra muy pequeña y tenía anotaciones en los márgenes.

—Está hecho polvo —le dije—. ¿No estarás descuidando tus obligaciones?

—No, señorita —me dijo sonriente—. El viejo nunca me permitió meterle mano a ese ejemplar. Le gustaba así, manoseado y viejo. He pensado que la mejor manera de rendirle tributo es dejarlo tal y como estaba cuando murió. Créeme, no hay nada que me apetezca más que ponerle tapas nuevas, arreglarle las páginas y limpiarlo a fondo, pero tengo la sensación de que donde quiera que esté, él prefiere verlo así.

—¿Me lo puedes dejar para mi sesión de lectura de media tarde? —le pregunté pasando los dedos por la tapa.

—Claro que sí, pero llévate estos también. Tratan de temas que anduviste buscando el año pasado: osos, bosques, historia de las regiones limítrofes y ese tipo de cosas. No es mucho, la verdad, pero llevo guardándotelos desde hace tiempo, así que déjalos en su sitio o llévatelos.

Qué gusto estar en compañía de un viejo amigo. Alguien a quien no había que explicarle que lo único que necesitaba era sentarme en mi sillón favorito y quedarme dormida con un libro en las manos. Una de las razones por las que amaba tanto este lugar era saber que Grayson estaba allí, contagiando su serenidad a toda la estancia. Hablábamos poco, pero conocíamos bien el lenguaje de los gestos y sabíamos apreciar las bondades de la compañía silenciosa. Sin más, agarré todos los libros y me fui por un pasillo de estantes repletos de libros hasta el techo.

Al trasponer la última esquina pasó algo muy curioso.

Sam y Pepper estaban sentados en el alféizar del ventanuco, y posado ahí mismo junto a ellos había un halcón. Cuando me vio aparecer, el ave dio fuertes aletazos contra las paredes hasta que logró huir por la ventana. Me llevé tal susto que lancé los libros en todas las direcciones y di un fuerte grito. El libro favorito de Warvold se deshizo por la costura y sus hojas quedaron desperdigadas por el suelo. Mientras amontonaba los demás libros en el suelo, regañé a los gatos, que ya se habían puesto panza arriba en el sillón para que yo los acariciase.

Pasé los siguientes diez minutos recogiendo páginas y ordenándolas, haciendo lo imposible por recomponer el libro de Warvold. Al final logré que volviera a parecer un libro, pero sabía que necesitaría algunas reparaciones urgentes. No habían pasado diez minutos desde que tuve el libro de Warvold en mi poder y ya lo había destrozado.

Estaba tan enojada que aparté a los gatos y me dejé caer en el sillón. Sam y Pepper se pusieron enseguida en mi regazo. Unos minutos después caí en un profundo sueño.

# CAPÍTULO 6

# OTRA VEZ EL DICHOSO CATALEJO

Me desperté lentamente con el sopor de media tarde, sudada y pegajosa después de lo que debió de haber sido una hora de siesta. Busqué a los gatos a tientas pero no estaban, lo cual me extrañó, porque siempre que me dormía en la biblioteca se quedaban conmigo. Me froté los ojos y en cuanto los abrí comprendí el porqué de su ausencia.

—Empezaba a preguntarme si algún día llegarías a despertarte.

Era Pervis Kotcher. Estaba tan cerca que podía oler en su aliento el tufo del café amargo que sin duda acababa de tomarse. Se acercó a la ventana, se encaró el lindo catalejo de mi madre y empezó a mirar el muro con su habitual aire socarrón.

—¿Qué es lo que quieres? —le pregunté.

Aunque aún estaba medio dormida, su presencia me irritó al instante.

—Estaba haciendo mi ronda y se me ocurrió venir a echar un vistazo con mi catalejo —dijo—. La cuestión es que no es un catalejo muy bueno que digamos. Tanto es así que estoy casi decidido a tirarlo.

Pervis cerró el catalejo y se lo metió en el bolsillo de su uniforme. Luego vino hacia mí con una sonrisa malévola que le surcaba su repugnante cara.

—Te vi salir a pasear con Warvold hacia la muralla. Te observé desde la atalaya hasta perderte de vista. ¿Adónde fueron? ¿Qué hicieron? No lo sé. Lo que sí sé es que estuvieron allí durante mucho tiempo. Luego te vi pasar por la cancela. Ibas tranquila, sin prisas, paseando hacia Renny Lodge como si tal cosa.

Pervis se había inclinado hacia mí, apoyándose en los brazos del sillón. Tenía su cara pegada a la mía y no me dejaba salir. Me sentía incómoda y asustada. Deseaba con todas mis fuerzas que me dejara ir.

—Y yo, Alexa —dijo, echándome en la cara una bocanada de su fétido aliento—, ¿qué esperas que piense? Desapareces con Warvold en un sitio absolutamente impropio y te veo regresar sola y tranquila. Poco después nos enteramos de que está muerto.

Luego Pervis dijo algo que me llamó la atención.

—¿Has entrado en contacto con alguien de extramuros?

—¿Quién hay allá fuera?

—¡Contéstame y no me mientas! —dijo visiblemente enojado.

—¿Qué está pasando ahí? —dijo Grayson, que se aproximaba por el pasillo haciendo crujir las tablas del piso.

—Nada, no pasa nada —dijo Pervis—. Anda, vuelve a tus libros.

Grayson no se movió, pero yo sabía que el valor no era una de sus grandes virtudes.

—He dicho que vuelvas a tus libros —repitió Pervis con una mano en la porra. Grayson reculó unos pasos, se dio la vuelta y se alejó. El centinela me clavó la mirada con una mueca orgullosa en el rostro. Se quedó ahí, en silencio, demorando ese momento repulsivo mientras oíamos los pasos de Grayson que se alejaban por el pasillo. Volvió a la ventana y se inclinó sobre el alféizar con las manos agarradas por detrás de la espalda y la mirada puesta en la superficie verdosa de la muralla.

—Escucha, Alexa, y escúchame bien. Ahora que Warvold no está, puedo hacer lo que me dé la gana. Tu padre y Ganesh no pueden controlarme. Ni ellos ni nadie.

—¿Cómo puedes decir algo así? —repliqué indignada.

—Es muy fácil, abres la boca y lo dices. ¡Es lo más fácil del mundo!

Su respuesta me puso de mal humor.

—Aquí mandan mi padre y Ganesh, *no* tú.

—¡Yo no respondo ante *nadie* y menos aún al inútil de tu padre! —espetó Pervis con un grito irreflexivo.

En ese instante Grayson dobló la esquina seguido muy de cerca de Ganesh.

Pervis se puso de un rojo intenso, balbuceó algo incomprensible y retrocedió hacia la pared.

Ganesh se acercó con uno de los gatos. Estaba acariciándole la cabeza como si tal cosa.

—Estos gatos son encantadores, ¿no te parece, Kotcher? Tan cariñosos y tranquilos.

Si había alguien que detestase los enfrentamientos era Grayson, que ya andaba por su despacho cuando Ganesh puso el gato en el suelo.

—Ve, gatito —dijo Ganesh—. Ve y caza un ratón.

Ganesh miró con autoridad al canijo y esmirriado Pervis, a quien sacaba varias cabezas de estatura. Pervis quiso decir algo, pero Ganesh no tuvo más que levantar la mano para cerrarle la boca.

—Quiero estar seguro de que comprendo bien la situación, Kotcher, pues dada la magnitud de tu recién adquirido poder, no quisiera menospreciarlo.

Pervis se puso aún más colorado, se le encogieron los labios y por un instante pareció fruncir el ceño.

—Creo que las palabras que he oído son "Respondo ante Ganesh y Nicolás, pero ante todo, respondo ante el Sr. Daley". ¿Fueron esas tus palabras o he olvidado algo? —dijo Ganesh.

Pervis me vio sonreír y me lanzó una mirada de odio.

—Sí, creo que dijiste eso —prosiguió Ganesh—, o quizá haya una versión diferente que coincide con lo que dijiste realmente, en cuyo caso me vería obligado a destituirte de tu cargo y enviarte a limpiar establos o a pelar papas. ¿Cuál de las dos versiones recuerdas mejor?

Pervis estaba a punto de admitir su derrota. Tenía

mucho genio pero también era muy listo. Me miró a mí, luego miró a Ganesh. Acto seguido se metió la mano en el bolsillo y sacó el catalejo. Sonrió.

—Pido disculpas —dijo—. Alexa me ha causado problemas en el pasado y sé que está tramando algo, de momento eso es todo lo que puedo decir. Es posible que mi carácter me haya traicionado. Por supuesto que ustedes tres están al mando, de eso no hay ninguna duda. Prometo que no volverá a suceder, señor.

Luego se quedó mirando el catalejo y dijo:

—En todo caso, este juguete es propiedad de Alexa. Lo encontré tirado en el salón de fumar.

Pervis me miró con un gesto paternal y me empezó a hablar como si fuera una niña pequeña.

—Alexa, debes tener más cuidado con tus cosas. La próxima vez que me lo encuentre lo tiraré a la basura.

Pervis me extendió el catalejo. Estaba tan contenta de recuperarlo que alargué la mano, pero Pervis miró hacia un lado y arrojó el catalejo contra la pared con todas sus fuerzas, haciendo trizas todas las lentes.

—¡No! —exclamé.

—Como bien sabe, Ganesh, los catalejos están terminantemente prohibidos en Bridewell, a menos, por supuesto, que sea un miembro del cuerpo de centinelas, como yo. Me temo que durante su estancia, Alexa tendrá que arreglárselas sin él. Lo siento, pero las normas son las normas y mi obligación es velar por su cumplimiento.

Pervis se giró hacia mí y dijo:

—Toma, hija mía, ahora te lo puedo devolver. El catalejo es todo tuyo.

Agarré el catalejo roto y me quedé mirándolo. Ganesh miró a Pervis como si estuviera dispuesto a tirarlo por la ventana, pero ¿qué podía hacer? La culpa era mía por haber traído el dichoso catalejo a Bridewell.

Ganesh ordenó a Pervis que se retirara. Pervis se alegró de poder hacer justamente eso, pero antes de irse me miró, como diciendo, "Que te sirva de escarmiento". Luego supe que al salir se detuvo en el despacho de Grayson. Le dijo, al más puro estilo Pervis, que a los chismosos los persiguen las ratas al caer la noche.

Me guardé el catalejo roto en el bolsillo y respiré hondo para serenarme. La semana estaba de lo más complicada. Ganesh me extendió su gran mano protectora. Me levantó de la silla y me tomó en sus brazos, y luego me habló con su maravillosa y profunda voz.

—Voy a quitarte a Pervis de encima para que puedas moverte por Bridewell un poco más libremente. Ya sé cuánto te gusta ir a explorar aquí y allá, lo cual me parece muy bien, Alexa, siempre y cuando nadie salga lastimado.

Me escabullí de entre sus brazos y me dejé caer en el sillón. Aquello me hizo sentir mucho mejor. Los dos sonreímos.

—El problema de Kotcher es que lleva mucho tiempo entre nosotros —dijo Ganesh—. Lo cierto es que está entregado a la protección de Bridewell y es un trabajo que hace a la perfección. Sus centinelas siempre están en plena forma, es un vigía incesante y sus informes son extraordinarios. Lo que pasa es que la muralla lo mantiene en un estado de constante paranoia y, por algún motivo, tú despiertas lo peor en él; y lo peor en él es espantoso.

Ganesh hizo una pausa y me miró fijamente con sus penetrantes ojos azules.

—Para decirte la verdad, Alexa, no sé si sería capaz de sentirme seguro sin él. A veces hay que aceptar lo bueno con lo malo para satisfacer tus necesidades. Es una cuestión delicada que tu padre y yo estamos tratando de resolver.

Entonces no tenía idea de que en poco tiempo yo tendría que resolver esa misma cuestión.

# CAPÍTULO 7

# JOCASTAS

Me desperté de mi siesta de media tarde llena de energía. Me reuní con mi padre, Ganesh y Nicolás afuera del salón de fumar y fuimos todos juntos a cenar al comedor principal. Me alegré mucho de haber pasado un rato con ellos, especialmente con mi padre, que seguía bastante abatido.

—Te pediría que me pasaras el pan, pero con esa cara de aburrido que tienes no sé si será demasiado esfuerzo —le dije.

—Por qué no vas a ver a los bufones, he oído que andan buscando una maestra —dijo mi padre, que parecía estar realmente agotado. Hizo un esfuerzo por estimular la conversación con su consabida energía mental, pero fue insuficiente.

—No te preocupes, Daley, tú sigue intentándolo. La perseverancia es una de tus cualidades más notables —dijo Ganesh.

—Muy por detrás de mi simpatía y mi buena presencia —añadió mi padre.

Pasamos más de una hora cenando y conversando, degustando cada plácido instante de nuestra velada. Había sido la reunión más informal y distendida de la jornada. Y también la más esperada. Nicolás estuvo cautivador y se adaptó a todos nosotros desde el primer momento. Nos contó divertidas anécdotas de Warvold que nos hicieron reír a todos y supo ceder la palabra en los momentos adecuados. Warvold fue un padre tardío, por eso Nicolás era un joven de tan sólo veinticinco años. Era apuesto, muy alto, de pelo negro, más bien corto, y la cara bien afeitada.

—¿Sabes que he ascendido a nuestro nuevo amigo, Silas Hardy? —dijo mi padre.

—¿A quién? —pregunté.

—Aquel repartidor tan amable que conocimos de camino a Bridewell. Ahora es mi cartero personal, lo cual significa que llevará mis cartas cuando yo se lo pida. Además, tiene órdenes concretas de quemar toda la correspondencia de Ganesh. Hardy y yo nos hemos comprometido a evitar que el pobre siga haciendo el ridículo.

—Daley, tienes lengua de sobra para diez filas de dientes —espetó Ganesh.

—Y tú eres tan feo que tu madre tuvo que darse una bofetada cuando naciste —dijo mi padre.

Mantuvieron ese juego durante un tiempo. No creo que merezca la pena repetir los detalles.

Yo quería que Nicolás tomara la palabra, así que los interrumpí con una pregunta.

—Nicolás, háblame de tu madre, Renny. No sé casi nada de ella.

Ganesh y mi padre aprovecharon la pausa para servirse más comida. Nicolás, pensativo, dio un sorbo a su copa de vino.

—Veamos. Mi madre era alta y delgada. Era una mujer hermosa, de pelo negro, y tenía una excelente dentadura. No sé muy bien por qué, pero siempre me acuerdo de sus dientes. Supongo que la memoria funciona a su antojo, aferrándose a los detalles más extraños de la persona recordada.

Nicolás dio otro sorbo. Al dejar la copa sobre la mesa, Ganesh volvió a llenarla cordialmente.

Nicolás hizo un gesto de agradecimiento y prosiguió con su descripción.

—Le interesaban muchísimo las joyas y las piedras preciosas. Mi padre tenía una considerable colección de gemas procedentes de sus viajes. Algunas las obtuvo con algún trueque, otras las ganó jugando. Al parecer era muy diestro con los dados y las cartas, y no me extrañaría que hubiera dado la vuelta al mundo a costa de gobernantes ricos e inexpertos.

»Renny empezó a hacerse sus propios brazaletes y anillos, nada del otro mundo, en realidad, pero lo hacía muy bien. Con el tiempo, muchos la empezaron a considerar una de las mejores y más finas joyeras. Luego se fue interesando en las jocastas, que son unos diminutos grabados crípticos labrados en zafiros o rubíes. Ese arte se convirtió en su pasión hasta el final de sus días.

Nicolás se sacó un colgante que tenía debajo de la camisa y del que pendía una gema de tamaño considerable.

Lo extendió para que pudiéramos verla con claridad.

—El detalle más significativo está oculto detrás de los

52

diseños labrados en la piedra. A simple vista, lo que se ve es este grabado tan elaborado, pero si se mira a través de una lupa, se puede apreciar nuestro escudo familiar, que es una corona de espinos. Esa es la jocasta.

Nicolás nos mostró la piedra de cerca a cada uno. Luego se la acercó a los ojos y frunció el ceño en un vano esfuerzo por discernir los detalles ocultos a los que acababa de referirse.

—Mi viaje ha sido tan precipitado que he dejado mi lupa. Lástima. Si la tuviera aquí podrían ver la jocasta con sus propios ojos. No sé cuántas hizo, quizá treinta. El diseño visible del relicario que llevaba mi padre era similar a este, pero la jocasta constaba de dos pequeños corazones atravesados por una flecha, el símbolo del amor que se profesaban.

El concepto de las jocastas me pareció fascinante. Le pregunté a Nicolás si Renny había hecho más y si conocía su paradero.

—Tardaba una eternidad en labrarlas. A veces se pasaba meses haciendo una. Yo diría que más que hacer varias docenas, hizo varias unidades. Las regalaba a familiares inmediatos y a amigos íntimos. Mi tía tiene una y hay unas pocas entre las alhajas familiares. Eso es todo lo que sé.

»De todas formas, sería imposible ver a simple vista si una gema contiene una jocasta o no, aunque la tengas en la mano.

Nicolás dio otro sorbo. Al verlo recordé que a Warvold

siempre le había gustado el buen vino. Al parecer su hijo había heredado la misma inclinación.

—Cuando vuelva a casa, traeré la lupa para que la puedan ver. O, por qué no, podríamos enviar a Silas por ella. Al fin y al cabo, no hay nada importante en el correo de esta semana, tan sólo la correspondencia de Ganesh.

Aquel comentario volvió a animar la tertulia entre los tres próceres. Me preguntaba cuánto tiempo tardarían mi padre y Ganesh en referirse a Nicolás por su apellido, o si llegarían a hacerlo. Entre ellos, se era un Daley, un Ganesh, un Warvold o un Kotcher. Al referirse a alguien por su apellido le conferían una dignidad de adulto, una importancia especial. Yo sospechaba que jamás me llamarían otra cosa que Alexa.

La velada continuó animada por el vino y salpicada de bromas e insultos oportunos, y yo me escabullí a mi alcoba. A mi madre la había visto durante el funeral, pero regresó al día siguiente. Al igual que Grayson y yo, mi madre detestaba las multitudes, y ninguno de nosotros había visto jamás tanta gente congregada en un lugar tan reducido. Aquellas murallas nos hacían sentir como una marabunta de hormigas enloquecidas en un frasco de cristal.

Tenía que enviarle una carta; una carta que me apetecía muy poco escribir, pero que me quería quitar de en medio cuanto antes. Me puse el pijama y ordené mi alcoba haciendo un esfuerzo consciente por no mirar

54

mi escritorio. Tanto es así que me recosté en la cama y empecé a leer el libro de Warvold (que había sacado a hurtadillas de la biblioteca) con la esperanza de quedarme dormida. Pero la culpa pudo conmigo, así que, sin más, me senté en mi escritorio y escribí:

*Querida madre:*

*Espero que el viaje de vuelta no se te haya hecho demasiado largo. Me temo que hasta llegar a Lathbury, con tanto carruaje y tanto caballo en movimiento, habrás tragado más polvo del que podamos imaginar. Estoy convencida de que habrás llegado bien, pero me sentiré más tranquila cuando lo lea de tu puño y letra.*

*Por aquí los ánimos se van serenando y todo vuelve poco a poco a la normalidad. Acabo de cenar con padre, Ganesh y Nicolás. Ha sido una velada de lo más agradable. Todos están encantados con Nicolás. Yo también creo que será un buen líder. Me temo que padre ha vuelto a lo suyo: no para de trabajar y se ve de lo más cansado. Al menos nos estamos llevando de maravilla y salimos a pasear con la frecuencia suficiente como para no echarnos de menos el uno al otro.*

*Ahora debo contarte algo por lo que espero que no me castigues con excesiva severidad, pues lo cierto es que merezco, cuando menos, unos buenos azotes. La cuestión es que en este viaje deseaba desesperadamente asomarme al otro lado de la muralla, así que saqué tu catalejo del cajón y me lo traje. Eso no es lo peor. Pervis Kotcher me sorprendió usándolo y me obligó a dárselo. Al final me lo entregó, no sin antes romper las lentes en mil pedazos.*

*De verdad que lo siento, madre. Prometo trabajar día y noche sin descanso hasta ganar lo suficiente para reparar ese preciado artículo de tu propiedad. Sé que hice mal en llevármelo sin pedir permiso. ¿Podrás perdonarme?*

*Ahora me voy a dormir, mañana tengo mucho que hacer.*

*Saludos de Grayson.*


*Te adora,*
*Alexa*


Doblé la carta, puse la dirección de mi madre y la sellé con unas gotas de cera y mi lacre personal. Al día siguiente se la entregaría a Silas en el desayuno.

Regresé a la cama y empecé a hojear el viejo libro de Warvold. Me entró sueño de inmediato, pero antes de dormirme metí el libro debajo de la almohada, no fuera que a Pervis se le ocurriera colarse en mi alcoba en plena noche a fisgonear entre mis cosas. Recordé entonces su pregunta. ¿Qué querría decir con eso de que si alguien del mundo exterior se había puesto en contacto conmigo? Me seguía pareciendo un comentario de lo más extraño y me quedé dándole vueltas unos minutos hasta que el sueño me arrastró a sus dominios.

CAPÍTULO 8

# LA PRIMERA JOCASTA

Al día siguiente, Bridewell volvía al fin a la normalidad. Los viajeros más rezagados desfilaban hacia los portones con destino a sus hogares. Pude ver a Pervis y a sus hombres subiendo y bajando portones, comprobando identificaciones, inspeccionando carruajes; controlaba, en definitiva, el flujo de personas que salía de Bridewell. Tengo que admitir que dirigía aquellas operaciones con asombrosa autoridad y que sus hombres parecían estar encantados de tenerlo como jefe.

Durante mi paseo matutino por la ciudad vi a Silas esperando su turno ante el portón de Lathbury. Corrí hacia su carruaje para saludarlo. Le había entregado la carta para mi madre durante el desayuno. Aceptó el encargo con una disposición admirable y hasta se ofreció a entregársela personalmente.

—Tu padre me ha dado un paquete para ella. Se alegrará mucho de saber de ustedes dos —dijo entonces.

¡El pobre no podía imaginarse el disgusto que ella se iba a llevar al leerla!

Me puse a su lado y me quedé mirándolo.

—Parece que aún te va a tocar esperar un buen rato hasta que te dejen salir de la ciudad. Tienes seis carruajes por delante y el sol ya te está derritiendo las botas.

—Alexa, he sido carretero toda mi vida. Estoy acostumbrado a ir a todas partes tirado de mis leales Maiden y Jaz, llueva, truene o haga el tiempo que haga —dijo Silas.

—Procura no meter a esos jamelgos en ninguna carrera durante el viaje, no se te vayan a quedar panza arriba y te dejen tirado a mitad de camino.

—¡Deja de burlarte de mis caballos! —exclamó Silas. Y tenía razón. Sabía que mis torpes arrebatos de ingenio podían resultar molestos. Debe de ser una manía heredada de mi padre.

—Discúlpame, Silas.

Me puse delante de Maiden y Jaz y les acaricié su morro aterciopelado.

—Y también les pido disculpas a ustedes. Son unos sobrios corceles que le dan cien vueltas a cualquier rocín de Bridewell.

Silas sonrió y me guiñó un ojo. Aquel hombre me caía bien; diría que era mi cartero ideal.

El portón se abrió y la fila de carros empezó a avanzar. Me aparté de un brinco para darle paso a los caballos. Avanzaron unos metros y se detuvieron de nuevo. Entonces fueron cinco los carruajes que separaban a Silas de la carretera de Lathbury. Seguía quedándole un buen rato de espera, así que me fui a la biblioteca para acurrucarme en mi rincón favorito antes de que el sol convirtiera mi sillón en una sartén.

Nada más llegar acudí al despacho de Grayson. No

verlo en su puesto habitual me resultó bastante extraño. El despacho tenía el aspecto de siempre: libros a medio restaurar apilados por todas partes, instrumentos desperdigados aquí y allá y su suéter mal colgado de la silla. Había acudido a su trabajo, eso estaba claro, ya que era el encargado de abrir la biblioteca cada mañana. Supuse que estaría en la cocina comiendo algo.

Me encogí de hombros y me fui hacia mi sillón con un libro de cuentos y uno de mis poemarios favoritos. También me llevé el libro de Warvold, al que pensaba dedicar buena parte de la mañana.

Llegué a mi sillón y me acomodé, no sin pasar algunos momentos de ansiedad pensando en la posibilidad de un nuevo encuentro con Pervis. Esta vez no podría contar con Grayson para salvarme la vida. Sam saltó enseguida a mi regazo y disipó de inmediato aquellos perturbadores pensamientos. Un instante después llegó Pepper. Los gatos empezaron a ronronear y a frotar sus cabecitas en mi pecho, exigiendo de inmediato todas las caricias del mundo. Trataba de buscarle la barriga a Pepper, pero él se revolvía y buscaba la palma de mi mano con su inquieta cabezota.

—¿Desde cuándo rechazan las caricias en la barriga? —le dije en voz alta. Pepper insistía en empujarme el pecho con la cabeza y Sam empezó con el mismo numerito. Agarré a ambos por la nuca y me los acerqué a la cara. Me quedé mirándolos fijamente a los ojos y me respondieron con un lastimero *miau*. Miré sus collares de piedras preciosas y los medallones que colgaban de ellos.

Durante un instante me quedé de piedra, paralizada, como el momento en que presentí la muerte de Warvold. *¡Miau! ¡Miau!* Protestaron los gatos. Había olvidado que los tenía agarrados por la piel del cuello.

Los dejé en el piso y me disculpé. Traté de serenarme. Los gatos me miraban mientras yo contemplaba sus medallones. Eran de unos tres centímetros de ancho, más o menos; uno rojo, el otro verde. Tenían unos preciosos diseños de figuras alternadas. Como los gatos eran de la difunta Renny, era más que probable que en sus medallones tuvieran inscritas sendas jocastas. Me moría de ganas por saber qué clase de jocasta sería, y sabía perfectamente dónde hallaría lo necesario para desvelar sus secretos.

Me levanté de un brinco, puse los gatos en el sillón y les dije, enseñándoles el dedo:

—Ahí quietecitos, ¿me oyen? Vuelvo enseguida.

Salí corriendo por los angostos corredores hasta la puerta de la biblioteca.

Al llegar al despacho de Grayson, celebré que no hubiera regresado aún de su probable visita a la cocina. Entré y abrí los cajones de su escritorio. Grayson era mucho más desordenado de lo que yo creía. Los dos primeros cajones apenas se podían abrir de la cantidad de papeles, lomos viejos y herramientas desordenadas que había en su interior. Los demás cajones ofrecían el mismo panorama de desorden absoluto. El último tenía los restos de un antiquísimo bocadillo que debía de ser de la semana pasada por lo menos y que olía peor que el APK (Aliento de Pervis Kotcher).

Me dejé caer sobre el sillón de Grayson y miré los estantes, atestados de libros viejos y todo tipo de cosas viejas e inservibles. Al fondo de uno de ellos había una caja de madera con un pestillo. A juzgar por la capa de polvo que la cubría, se diría que llevaba bastante tiempo sin abrir. En su interior encontré diversos instrumentos y herramientas. También hallé lo que había ido a buscar: una lente concéntrica de impresor. Era el instrumento ideal para ver una jocasta. Las lentes concéntricas se usaban para amplificar tipos de letra deteriorados y resultaban muy útiles en la minuciosa tarea de rellenar con tinta las letras más arcaicas. Hacía tiempo que Grayson había abandonado esa tarea y se había centrado en la restauración exterior. "Quienquiera arreglar letras que lo haga —le oír decir varias veces—. ¿Para qué perder los ojos en algo que a nadie le importa?"

Cerré la caja y cuando estaba a punto de dejarla en el estante, oí que se abría la puerta de la biblioteca. Pude sentir unos pasos que se acercaban por el pasillo. Fui a poner la caja en su sitio y casi se me cae del nerviosismo. Tuve el tiempo justo de colocarla donde la había encontrado. En el preciso instante en que Grayson apareció por la puerta, acababa de meterme la lente en el bolsillo.

Sonrió y se frotó la barriga. Tenía el bigote manchado de algo rojo y viscoso.

—De verdad te lo digo, Alexa, en esa cocina se hace la mejor mermelada de fresa del mundo. *Ummm, ummm*, me podría comer una hogaza entera de pan untada de esa delicia.

A juzgar por el volumen de su panza, era evidente que Grayson participaba con frecuencia de las delicias culinarias de Renny Lodge.

—Será mejor que controles tus incursiones a la cocina, Grayson. Estás empezando a caminar como un pato —le dije.

—No te rías de los viejos, muchacha. No es de buen gusto.

Los dos sonreímos y él entró al despacho.

—Por cierto, ¿se puede saber qué haces aquí? —prosiguió—. Si buscabas algo de comer, en el cajón de abajo hay unos pinchitos frescos del cocinero.

En circunstancias normales me lo habría creído, pero como ya sabía que en ese cajón me esperaba una rancia sorpresa, decliné su oferta y me despedí.

—Vamos, gatitos, díganme que siguen ahí; díganme que no se han marchado —repetía en voz alta de camino a mi sillón.

Al doblar la última esquina del pasillo los encontré

relamiéndose las zarpas tan tranquilos, esperándome, tal y como les había ordenado.

Me agaché ante los gatos y, con las manos temblorosas, me saqué la lente del bolsillo. Puse el medallón de Sam en la palma de la mano, le coloqué encima la lente concéntrica y miré a través de ella. Sólo se veía una masa de puntos y líneas intrincadas. Entonces enfoqué la lente haciendo girar el dial con un *tic, tic, tic*. Los diminutos puntos y las líneas se unieron formando unas sendas sinuosas, pero no había ninguna referencia que me indicase cuál era el principio o el final, o qué significado podía tener aquello; lo único que distinguía era una maraña de líneas. ¿Serían las calles de Bridewell? ¿O acaso las sendas que surcan la muralla? Entonces pude apreciar una diminuta montaña que brillaba con una intensidad diferente. Pensé que podría representar algún sitio real. Lo que estaba claro era que Renny había tenido un talento verdaderamente increíble; aquello era un auténtico prodigio de arte oculto, por llamarlo de alguna manera.

Corrí a toda prisa al despacho de Grayson por tinta y algo de papel, regresé y copié detenidamente aquella especie de mapa en una hoja. Me empezaron a doler los riñones de estar tanto tiempo inclinada, y de tanto escudriñar el medallón me empezaron a salir lágrimas. En ese momento entendí por qué Grayson ya no se dedicaba a reparar letras deterioradas.

Tardé un buen rato en terminar, pero quedé satisfecha con la reproducción del mapa. Lo puse a secar en el alféizar. Me levanté, me puse de puntillas y al hacerlo me crujió mi agarrotada espalda como una cremallera. Ya había investigado el medallón de Sam, ahora tocaba el de Pepper. Cuando extendí la mano hacia su medallón, el gato soltó un pavoroso maullido y me dio un zarpazo. Mi reacción fue apartar la mano de golpe y, al hacerlo, solté la lente que salió disparada por el aire. Me quedé agachada, agarrándome el brazo ensangrentado y dolorido, aunque lo verdaderamente doloroso fue oír que la lente se estrellaba contra la pared de piedra. Y peor aun fue oír a Grayson acercarse a toda prisa por el pasillo gritando mi nombre como un descosido. Tuve el tiempo justo para recoger la lente concéntrica y ver en su superficie una grieta en forma de telaraña. Me incorporé con dificultad y la guardé en el bolsillo. Era el segundo instrumento valioso que robaba y destruía en el espacio de unos pocos días.

Grayson apareció ante mí con gesto alarmado.

—¿Se puede saber qué está pasando aquí? Hace años que no oigo a ninguno de estos gatos maullar de esa manera.

Luego me vio la mano.

—¡Dios mío! Parece una herida profunda. ¿Qué le has hecho, arrancarle los bigotes?

No supe qué decir. Me quedé ahí con el brazo chorreando sangre hasta que recordé que el mapa seguía en el alféizar. Traté de interponerme para evitar que Grayson lo viera.

—Debe de ser que hoy está de mal humor —le dije.

65

—Déjame que le eche un vistazo, no sea que te desangres.

Grayson me sujetó el brazo con delicadeza y lo puso a la luz de la ventana. Quise desplazarme hacia otro sitio pero no supe cómo hacerlo.

—Tranquila —dijo Grayson mientras secaba la herida con un pañuelo a la cálida luz del sol.

—Bueno, creo que sobrevivirás —dijo—. Lo único terrible de esta herida es su aspecto, pero nada más. Lo mejor es que la dejes descubierta para que se te seque y se haga costra. En dos o tres días el único recuerdo de la herida será un leve picor.

Luego me soltó la mano y me miró con solemnidad.

—Se me acaba de antojar otra remesita de galletas con mermelada de fresa. ¿Qué te parece si nos damos un paseo hasta la cocina?

Supongo que la sonrisa me salió forzada, pero acepté su invitación y salimos hacia la puerta de la biblioteca. Al menos nos habíamos alejado del mapa, aunque crucé los dedos para que nadie lo descubriera durante mi ausencia.

Surcamos los pasillos, haciendo paradas aquí y allá para enderezar algún estante fuera de lugar. Era un hábito que habíamos adquirido Grayson y yo después de muchos kilómetros recorridos por los pasillos de la biblioteca.

—Por cierto —dijo Grayson—, el mapa de la biblioteca te ha salido estupendo. Buen trabajo.

—¿Cómo dices? —le pregunté tratando de contener mi nerviosismo.

66

—El dibujo que tenías en el alféizar. Te debe de haber costado trabajo averiguar los vericuetos de este lugar. No creo que te hayas desviado mucho, por lo que vi, está bastante bien.

Las manos me empezaron a temblar.

—¿Estás bien, Alexa? Quizá debamos acudir a un médico para que te vea esa mano. Estás temblando como un flan.

Miré a Grayson sonriente.

—No, lo que pasa es que me muero de ganas por probar esas galletas con mermelada.

Caminé hacia la cocina tirando de Grayson. Tenía que distraerlo y la mejor manera de hacerlo era ir donde hubiera comida.

# CAPÍTULO 9

# SOLA EN BRIDEWELL

Al volver a la biblioteca con Grayson no estaba de ánimo para andar buscando libros por las estanterías, así que recogí el mapa y corrí hacia mi alcoba. Me quedé un rato cavilando a solas. Luego bajé a cenar a la cocina. Al regresar de nuevo a mi alcoba me senté en el alféizar, encogí las piernas y contemplé el destello anaranjado del atardecer. Corría una brisa fresca que se agradecía después de tantas horas de bochorno. Tenía la llave plateada de Warvold en una mano y el dibujo de la jocasta, agitado por el viento, en la otra. Una hora después, el horizonte se había tragado completamente la luz ardiente del ocaso. Ya de noche cerrada me bajé del alféizar y me senté en la cama.

Pasé una noche llena de pesadillas, en las que un ser monstruoso con cuerpo de gato y con la cabeza de Pervis Kotcher me perseguía por las estancias de Renny Lodge. Al despertarme, me vestí y fui a la cocina. Ya había empezado a hacer calor y la brisa se había disipado por completo. El sol de la mañana convertía a Bridewell en una especie de horno y a mediodía apretaba aun más. Yo fantaseaba con el frescor de los frondosos bosques de extramuros.

En la cocina había más actividad de la usual. Grayson llegó pidiendo más mermelada de fresa, esta vez en panqueques de harina. Ganesh, mi padre y Nicolás hablaban de una posible expansión entre Lunenburg y Ainsworth. Silas acababa de volver de Lathbury y estaba terminando un plato de tostadas, galletas y pastelitos calientes, todo ello recubierto de una densa capa de mermelada de fresa, seguramente por recomendación de Grayson.

Silas estaba de espaldas a mí, inclinado sobre su plato. Lo saludé con un golpecito en la espalda.

—¿Ya estás de vuelta? Pensé que te quedarías al menos un día más.

Silas y Grayson giraron hacia mí.

—Ya conoces a mis viejos rocines. Prefieren andar de noche que en el condenado calor del día —dijo Silas, y luego me miró amenazante—. Si les dices que te lo he contado, te llenaré los zapatos de engrudo.

—Ya veo que has descubierto la mermelada de fresa —le dije—. Grayson va por tres kilos diarios. Creo que en realidad es un oso disfrazado de hombre preparándose para su hibernación cavernaria.

Grayson, a quien ya me iba acostumbrando a ver con el bigote untado de mermelada, me miró con una ceja levantada y se comió de un bocado un panqueque embadurnado de mermelada. ¡Qué asco!

—¿Alguna noticia de mi madre? —le pregunté, deseando que la respuesta fuera negativa.

—Cuando llegué no estaba. La esperé todo lo que pude y al final le dejé la carta y una nota diciéndole que si tenía algo para ustedes, pasaría a recogerlo a mi regreso. Seguro que cuando vuelva me tiene preparado un paquete.

Aliviada por la noticia, me acerqué a las bandejas y me llené el plato de comida. Luego me senté junto a mi padre. Nicolás tenía la palabra y exponía algo importante.

—Hazme caso, si no nos tomamos en serio a nuestros vecinos de Ainsworth, serán ellos quienes acaben gobernando Bridewell. La expansión de Lunenburg debe ser por el noroeste, hacia su ciudad, antes de que lleguen demasiado lejos. Ya sé que ahora están en términos amistosos, pero hay que recelar de ellos, mi padre siempre lo hizo.

Padre, Ganesh y Nicolás me dieron los buenos días en un tono cordial y luego siguieron hablando de lo suyo. Padre me pasó el brazo por encima. Sentir su enorme mano encima del hombro era de lo más agradable y reconfortante.

Estaban en lo que ellos llamaban una sesión de pesca. Cuando padre y Ganesh querían saber cuál era el sentir del pueblo acerca de un tema determinado, dejaban flotando un tema a modo de carnada y se quedaban esperando a ver qué punto de vista tenía el peso suficiente como para hundir la boya. Evidentemente ya habían iniciado a Nicolás en esta técnica, pues había sido el primero en lanzar el anzuelo.

—Me parece una idea descabellada —dijo Ganesh. Mi padre me miró y me guiñó un ojo—. Una expansión urbana hacia ellos sería interpretada en Ainsworth como un acto hostil que únicamente favorecerá la posibilidad de una confrontación. Eso no quiere decir que no debamos expandirnos. Estos últimos días en Bridewell lo han demostrado. Dentro de varios años, Bridewell y las ciudades costeras habrán alcanzado un punto crítico de capacidad. ¿Qué haremos entonces? Ainsworth está a más de seis kilómetros de nosotros; una distancia, digamos, saludable para todos. No es posible avanzar hacia los acantilados de Turlock y Lathbury; para efectos de expansión, esas ciudades son callejones sin salida. Bridewell está en el centro y no tiene hacia dónde crecer. Nuestra única alternativa es crecer hacia arriba; es decir, empezar a construir edificaciones de dos y tres niveles. Si derogamos la prohibición de construir casas de más de un nivel, podremos duplicar nuestra capacidad.

—Me parece una idea pésima.

Era Pervis, que se había colado sigilosamente en la cocina sin que nadie advirtiera su presencia. Estaba recostado sobre la pared con los brazos cruzados.

—¿Qué haces que no estás protegiéndonos a todos del hombre del saco? —dijo mi padre. Todo el mundo celebró la gracia, pero la verdad es que esas bromas me ponían la carne de gallina.

—Sí, sí, ustedes ríanse todo lo que quieran, pero les aseguro que construir hacia arriba supone un peligro para todos. Si lo hacemos, quedaremos expuestos al mundo exterior y seremos vulnerables —dijo Pervis—. Y en cuanto la gente empiece a aficionarse a buscar cosas extrañas al otro lado de la muralla, el problema será mayor. Si están dispuestos a estimular la curiosidad del pueblo, se exponen a la destrucción de Bridewell.

Pervis se acercó a las bandejas y empezó a llenarse el plato de huevos. No me gustaba el rumbo que estaba tomando la conversación.

—Fíjense en Alexa, por ejemplo —dijo—, a quien hemos cedido la única alcoba de la ciudad con una vista ínfima por encima de la muralla. No es más que una niña, a quien suponemos tímida y asustada. ¿Qué le podría interesar a una niñita del mundo exterior? Y sin embargo, hasta la pequeña y dulce Alexa ha sido capaz de darse cuenta de que si te pones de puntillas en el alféizar de la ventana, puedes asomarte al otro lado de la muralla. Y entonces, ¿qué es lo que hace?

Pervis se acercaba a su feliz conclusión. Feliz para él y desastrosa para mí.

—Se trae un catalejo a Bridewell y se encarama al alféizar para buscar quién sabe qué. Un *catalejo*. Ese tipo de cosas han estado prohibidas en Bridewell desde que tengo uso de razón. ¿O es que han cambiado de parecer y se les ha olvidado decírselo al viejo Pervis?

Deseaba haberme ido directamente a la biblioteca sin desayunar. Estaba convencida de que aquella información enfurecería a mi padre y que no tardaría en retirar la mano de mi hombro. Habría tenido todo el derecho a hacerlo. Y, sin embargo, me acercó más a él. Luego, con una lentitud premeditada, extendió la mano hacia mi plato, pinchó varios huevos con el tenedor y se los metió de golpe en la boca. Todo el mundo se quedó callado.

—Señor Kotcher —dijo mi padre—. ¿Cuánto tiempo cree que nos queda a Ganesh y a mí?

Ya había visto a mi padre actuar así otras veces. Apenas había cambiado el tono de voz, lo cual quería decir, y todos los presentes lo sabían, que había sacado las uñas.

—No tengo ni la más remota idea, señor —dijo Pervis bajando la mirada. Padre se levantó, se puso detrás de mí y afirmó las manos en mis hombros.

—Mira bien a esta muchacha. Ya es una señorita y tan sólo le quedan unos cuantos veranos para que entre a formar parte del consejo gobernante, donde sus opiniones serán tenidas en cuenta. A menos que Ganesh se espabile y empiece a tener hijos, Alexa y Nicolás serán los futuros líderes de este lugar. Entonces ya no necesitará que yo la defienda, pues será ella quien determine tu rango e incluso tu permanencia en este lugar. Creo que deberías tenerlo en cuenta la próxima vez que se te ocurra abrir la boca en público.

Mi padre se sentó y siguió comiendo de su plato.

—¿Algo más, Kotcher? —preguntó.

Creo que, por primera vez, Pervis y yo habíamos comprendido que llegaría un momento en nuestras vidas en que yo tendría autoridad sobre él. No tardó mucho tiempo en defenderse.

—Muy bien, pero *esa niña* sólo nos va a traer problemas —dijo Pervis—. Acuérdese de mis palabras, Daley, acabará

73

poniéndonos en peligro y nos hundirá a todos. No sé cómo ni cuándo, pero nos va a poner en peligro.

Miró a su alrededor en busca de un apoyo que no encontró; unos siguieron inclinados sobre sus platos y los demás lo miraron con dureza.

—Ya no volveré a molestarla —prosiguió—, pero no por la idea absurda de que en un futuro llegue a ser gobernante. Este sitio será *totalmente* vulnerable a menos que yo siga al mando del cuerpo de centinelas. He jurado proteger Bridewell, y si lo que quiere es verme salir de aquí con el rabo entre las piernas para satisfacer su ego y el de su niña malcriada, así lo haré. Mi única preocupación es la seguridad de Bridewell.

Sin más, se dio media vuelta y salió, encendido de indignación.

Antes de que eso sucediera, Grayson ya había salido y se encontraba a mitad de camino a la biblioteca. El resto de los comensales empezó a hablar y a formar corrillos.

—Con su permiso, Alexa y yo tenemos que ausentarnos —dijo mi padre, haciendo un gesto para que lo siguiera.

Bajamos las escaleras y salimos por la puerta. Caminamos un buen rato sin que ninguno de los dos se animara a romper el silencio.

Al final cedí a la presión y estallé en un arrebato de arrepentimiento.

—Ya le he escrito a madre y le he contado que traje su catalejo, pero aún no me ha contestado. Ya sé que no debería haberlo hecho. Lo siento, te pido perdón. Simplemente quería echar un vistazo al otro lado.

—Tranquilízate, Alexa —dijo mi padre, y tomó mi mano y me llevó con él hasta el centro de la ciudad. Nos sentamos en un banco.

—Warvold ya no está entre nosotros, Alexa. No creo que nadie se haya dado cuenta de lo que eso significa para nuestro pueblo. Ganesh, Nicolás y yo somos buenos líderes, pero ninguno de los tres somos Warvold. Él construyó este lugar así, y sólo él sabía por qué. Él sabía mucho más de muchas cosas que todos nosotros juntos.

Antes de proseguir, padre miró a nuestro alrededor.

—Están empezando a presionarnos desde Ainsworth. Saben que Warvold ya no está al mando y están poniendo a prueba nuestra determinación. Por si fuera poco, Pervis está cada vez más arrogante y fuera de control; justo cuando más lo necesitamos. Eso ya no es ningún secreto.

Padre se inclinó hacia adelante, apoyó los codos en las piernas y empezó a hurgarse las uñas.

—Warvold siempre hablaba de ti, Alexa, de tu interés por el mundo exterior. Decía que tenías una mente muy precoz. Tu espíritu aventurero le recordaba su juventud, y en más de una ocasión se lamentó de que tuvieras que vivir encerrada entre las murallas que él mismo había ordenado construir. Comprendía muy bien que quisieras andar siempre libremente.

Después de una pausa me miró fijamente.

—¿Te dijo algo la noche de su muerte? —dijo.

Era una pregunta acusadora que me pilló totalmente desprevenida.

—No, nada de importancia —le dije—, pero su comportamiento me pareció muy extraño. No hacía más que rememorar cosas del pasado y recitó unos versos un poco tontos sobre unos ciegos, pero eso fue todo.

Mi padre me observó fijamente, escudriñando cada uno de mis gestos para comprobar si decía o no la verdad. Ni me preguntó por la llave, ni le confesé que la tenía. Era demasiado valiosa como para desprenderme de ella voluntariamente. Dio un largo suspiró y volvió a hurgarse las uñas.

—En Turlock está creciendo la inquietud entre la gente y nos han pedido a Ganesh y a mí que vayamos a visitarlos. Partimos esta misma mañana y estaremos ausentes durante un par de días. Ya sé que es una noticia un tanto repentina, pero atravesamos momentos difíciles y no podemos permitirnos ningún desliz. Mandaré a Pervis a Lunenburg durante mi ausencia para que no acaben matándose el uno al otro.

Hizo otra pausa y me advirtió con la mirada que no se me ocurriera hacer ninguna fechoría.

—He hablado con Grayson. Él se ocupará de ti. ¿Me prometes no meterte en líos, al menos hasta que vuelva?

Medité bien mi respuesta.

—Creo que desde que llegamos a Bridewell ya hemos tenido suficientes problemas.

Mi respuesta pareció satisfacerle. Nos levantamos y nos dimos un breve abrazo. Mi padre se alejó hacia Renny Lodge. No tardé en estar a solas en el centro de la ciudad, rodeada por las descomunales murallas de Bridewell.

Jamás me había sentido tan encerrada.

# CAPÍTULO 10
# CABEZA DE VACA

Eran las nueve de la mañana y ya había salido dos veces de mi alcoba. Llevaba un talego de cuero alrededor del cuello con el mapa, la llave y mi navaja. Tenía atado a la cintura el suéter que me trajo mi madre el día del funeral. No me llevé nada más, convencida de que, en el mejor de los casos, tan sólo me ausentaría unas horas.

Al llegar a la biblioteca saqué el mapa y empecé a buscar un punto de partida. Descifrar cada lugar resultó mucho más difícil de lo que había imaginado. En el mapa aparecían una serie de sendas sinuosas, pero ni rastro de puertas, muros o ventanas. Además, no contaba con la perspectiva necesaria para asignar puntos concretos del mapa a la biblioteca. Lo único que era evidente era que la montaña del mapa estaba alineada con una de las cuatro paredes de la biblioteca. Me extrañó mucho que Grayson hubiera logrado interpretar el mapa a primera vista, aunque, bien pensado, llevaba años y años encerrado en esa biblioteca, y habría recorrido cada uno de sus pasillos miles de veces; yo, en comparación, la había visitado muy poco, y no sabía por dónde empezar.

Cada vez que me metía por un pasillo que pensaba que podría coincidir con alguna senda del mapa, resultaba ser otro totalmente distinto. Qué locura; se diría incluso que el mapa cambiaba ante mis ojos. Lo giraba de mil maneras, empezaba por todos los sitios imaginables y siempre terminaba avanzando en círculos.

Una hora después, más o menos, me fui al despacho de Grayson para ver si se animaba a hacer otra escapadita matutina a la cocina. Estaba inclinado sobre un bonito libro de tapas verdes y amarillas, rellenando algunos puntos desteñidos con una pintura de color intenso, casi dorado. Me rugió el estómago y levantó la cara de inmediato.

—Me has leído el pensamiento —dijo.

Salimos por el pasillo hablando de cosas triviales. Nos sentamos en la cocina, concentrados en nuestros vasos de leche y en nuestros panecillos con mermelada de fresa. Entonces, saqué el mapa y lo puse sobre la mesa.

—A que no adivinas en qué lugar del mapa se encuentra mi sillón favorito —le dije con la esperanza de que me diera alguna pista para descifrarlo.

Se quedó mirándolo pensativo. Al principio pareció costarle tanto como a mí. Entonces levantó las cejas y, sin pensarlo dos veces, puso su dedo untado de mermelada en el punto correspondiente a mi rincón de lectura. Al levantarlo, dejó una huella roja. Se disculpó por manchar mi mapa inmaculado, pero no me importó en lo más mínimo. Grayson acababa de poner un enorme punto rojo al lado de la montaña. Volví a mirar el mapa y empecé a descifrarlo. Enseguida supe dónde estaba el despacho de Grayson y las puertas de la biblioteca. Luego averigüé qué puntos correspondían a las ventanas y a los pasillos corredizos. De pronto todo cobró sentido.

Estaba claro que Grayson no había hecho sino empezar otro maratón culinario y que no se daría mucha prisa en volver al trabajo. Era el momento ideal para largarse.

—Gracias por tu compañía, Grayson —le dije—. Nos vemos luego.

»Por cierto —añadí en el último momento—, los próximos días voy a estar bastante ocupada, así que no te preocupes si no me ves por aquí.

Salí de la cocina sin que Grayson tuviera nada que objetar, lo cual era totalmente previsible. Después de tantos años viniendo a Bridewell, a mi padre aún no se le había ocurrido comprobar qué clase de guardián era Grayson. No era la primera vez que le había tocado hacer de niñera. Aunque Grayson siempre aceptaba el encargo de buena gana, nunca adaptaba su comportamiento a las exigencias de su misión. A veces lo veía en la biblioteca... y a veces no. No le extrañaba, por ejemplo, que no me cruzara en su camino durante todo el día. Después de todo, no se podía andar muy lejos, ¿no?

Regresé a la biblioteca y recorrí ese zigzag de pasillos a toda velocidad. Al doblar una esquina golpeé una estantería con el hombro y estuve a punto de tumbar un montón de libros. Lo sujeté hasta estabilizarlo y seguí adelante, reduciendo el paso a un trotecillo. No tardé en llegar a mi sillón favorito. Había un halcón posado en la ventana, pero esta vez no se espantó. Los dos gatos me miraban fijamente desde el sillón. Era una sensación muy extraña ver a los tres animales tan quietos y tan pendientes de todos mis movimientos.

Empecé a palpar las paredes y el alféizar. Pasé la mano por los estantes repletos de libros que había junto al sillón, reparando en todas las oquedades y bultitos de la pared. Saqué un montón de libros antiguos que ya había hojeado antes. Se me ocurrió pensar que a lo mejor alguno de ellos accionaba un resorte hacia algún pasadizo secreto o un tesoro oculto. No tardé en tener todos los libros de los estantes apilados por doquier en pilas inestables. Lo único que obtuve de aquella frenética actividad fue una buena nube de polvo. Eso sí, los gatos lo pasaron en grande lanzándose como flechas entre las pilas de libros.

Empecé a colocarlos en su sitio y, diez minutos más tarde, me dejé caer en el sillón, harta y cansada de tanto trabajo infructuoso. Miré por encima del hombro y advertí que el sillón estaba encajado contra la única pared que no había mirado, una pared en cuyo lado opuesto había unas escaleras. Me levanté y empujé el sillón, un armatoste que evidentemente nadie había movido en mucho tiempo. Tuve que usar todas mis fuerzas para correrlo hacia fuera.

Una vez apartado el sillón, quedó al descubierto una sección de pared de madera con sus paneles color café. En la parte inferior del panel central, coincidiendo con el centro exacto del respaldo, había dibujada una montaña verde. Pasé los dedos por encima y noté una pequeña hendidura en el centro que sólo se apreciaba al tacto. Saqué la llave plateada del bolsillo. La miré con la mano temblorosa. Giré hacia atrás y vi que los gatos estaban recostados sobre el respaldo del sillón, mirándome fijamente.

—Hoy están ustedes dos de lo más mirones, ¿eh? —les dije.

Luego miré hacia arriba y vi al halcón, que seguía posado en el alféizar.

—Lo mismo se puede decir de su amigo alado. ¿Acaso saben algo que yo no sepa? —les dije, pero lo único que obtuve por respuesta fueron sus miradas de cristal y un lastimero *miau* de Sam.

Volví a buscar la hendidura con el dedo, saqué la llave y la hundí lentamente en el muro. Giré la llave hasta escuchar un leve *clic*. Luego la saqué y volví a meterla en el talego de cuero. Miré fugazmente a mi alrededor para comprobar que nadie estuviera viéndome. Empujé hacia dentro con una mano, y el panel, que medía unos cincuenta centímetros por cincuenta centímetros, cedió con un sonido de bisagras viejas. Un susurro de brisa fresca con olor a tierra me acarició la cara.

La luz de la biblioteca iluminaba unas rudimentarias escaleras que descendían hacia la oscuridad. En el tercer peldaño había una lámpara de aceite que pendía de un clavo oxidado. También había una cajita de fósforos de madera. Solamente podía ver los primeros seis peldaños y parte de la superficie de tablones que recubrían las paredes. Todo lo demás estaba oculto en una garganta de letal oscuridad.

Aquella tenue corriente de aire fluía a través de la portezuela secreta, como el aliento de un gigante dormido, y el olor me recordaba el aroma de la polvorienta carretera de Bridewell después de una tormenta. Giré hacia el estante de la derecha y leí algunos títulos hasta donde me alcanzó la vista. Elegí el más pequeño de todos, un volumen de tapas rojas con letras blancas en el lomo, *Aventuras en la frontera de la Ciudad Décima*, escrito por un autor que me era desconocido. Abrí el libro, leí la primera página y quedé cautivada de inmediato por la audacia de su protagonista.

> *Cabeza de Vaca fue un explorador que dejó su hogar en el Reino del Norte durante el séptimo reinado de Blackwell.*
>
> *Después de sobrevivir a un huracán en las proximidades del cerro Laythen, se dio media vuelta y puso rumbo al Gran Desfiladero, donde quedó acorralado durante una semana por una voraz manada de lobos. Cuando los lobos se marcharon, Cabeza, cansado y hambriento, siguió camino hasta los Páramos Furtivos.*
>
> *Cabeza vivió de lo que pudo encontrar y conoció las rarezas (muchas y ciertamente*

*extrañas) de los Páramos Furtivos, los que surcó*
*en busca del nebuloso camino a la mítica Ciudad*
*Décima. Por desgracia, la niebla era tan espesa,*
*tan cerrada, que al llevarse la mano a la cara*
*apenas si podía verla. Y así, cada vez que*
*entraba, se perdía en las entrañas de aquel lugar,*
*y casi siempre salía por el mismo punto por donde*
*entró.*

*Finalmente, abandonó la búsqueda de la*
*susodicha ciudad y se dirigió hacia el cerro*
*Norwood, donde descansó para escribir las*
*crónicas de sus viajes. En este libro se da cuenta*
*de las aventuras de Cabeza de Vaca en el Gran*
*Desfiladero, los Páramos Furtivos y las brumas*
*que se interponen a la Ciudad Décima.*

Según los títulos de los capítulos, en el libro se habla
de la función desempeñada por Cabeza de Vaca en el gobierno de los Reinos del Norte, de sus últimos viajes y de
su muerte.

Cerré el libro y lo apreté entre mis manos.

—No lo has hecho nada mal, ¿eh? —dije en voz alta.

Siempre hablaba a los autores de los libros que leía;
así sus historias me parecían más reales.

—Ahora podrás contar entre tus viajes un descenso a
un pozo sin fin.

Metí el libro por la portezuela, abrí la mano y envié a
Cabeza de Vaca a un viaje a las tinieblas.

Tardó mucho más de lo que esperaba en tocar fondo. Y aunque no tenía los conocimientos necesarios para dar con una medida precisa del tiempo, la velocidad y la distancia, supuse que la altura sería, poco más o menos, de unos diez terroríficos metros. ¿Qué encontraría abajo? Era difícil imaginarlo. A lo mejor realmente dormitaba un gigante a la espera de que bajara una sabrosa señorita para prepararse un aperitivo.

Me di la vuelta para echar un último vistazo a la biblioteca. El halcón seguía en su sitio, pero los gatos se habían esfumado. Me levanté y traté de espantar al ave con aspavientos y dando pisotones en el suelo. El halcón se quedó donde estaba, observando con atención todos mis movimientos.

Volví a agacharme, extendí mi brazo hacia la oscuridad del pasadizo y descolgué la lámpara. El cristal se había atrancado y tuve que forzarlo. Mojé la mecha con el aceite y logré encenderla al tercer intento. Una vez resuelto el problema de la iluminación, volví al pasadizo.

Aquella inquietante brisa no cesaba. Hacía bailar la llama de mi lámpara y proyectaba pálidas sombras en las paredes. Metí las piernas y las estiré hasta tocar los peldaños. Me deslicé por el agujero y agarré el primer peldaño con la mano izquierda. Con la otra mano, colgué la lámpara del clavo oxidado. Sólo me quedaba una cosa por hacer: cerrar bien la entrada para que nadie descubriera que me había ido. Saqué la mano por la portezuela y agarré la pata del sillón. Fui tirando de ella poco a poco, dando fuertes tirones desde la escalera. Una vez colocado el sillón, cerré la puerta secreta desde el interior hasta oír el mecanismo de cierre. Su funcionamiento desde el interior era muy sencillo, pero abrí y cerré varias veces para estar segura. Descolgué la lámpara y la colgué de nuevo en el quinto peldaño. Durante mi descenso repetí esta operación varias veces. Conté un total de veintiocho peldaños hasta llegar a un fondo de tierra.

La sensación que me daba al mirar hacia arriba era parecida a la de asomarse hacia abajo; la luz se ahogaba a los pocos metros en la oscuridad de una noche profunda y sin estrellas. Había paredes a tres lados y un túnel que avanzaba a occidente, hacia las montañas, por debajo de la biblioteca. El libro apareció a mis pies. Cabeza de Vaca había tenido un mal aterrizaje, de manera que tendrían que ser dos los libros prestados que habrían de pasar por el taller de Grayson. Estaba destrozando libros a un ritmo alarmante.

Miré hacia arriba por última vez y empecé a caminar hacia el occidente por debajo de la ciudad. Las paredes estaban recubiertas de tablones por entre los cuales asomaba la tierra; el piso era de tierra compacta. No tardé en ver algunas viejas huellas. Me entró tal miedo que giré y empecé a caminar de vuelta. Me esforcé por serenarme; empecé a repetirme una y otra vez que yo era la única persona en el túnel. Finalmente resolví dar media vuelta de nuevo y reemprender mi marcha hacia las montañas.

La altura y el ancho del túnel no cambiaron durante todo el trayecto, pero el camino empezó a empinarse considerablemente. Al cabo de media hora —más o menos el tiempo que se tarda en surcar Bridewell de punta a punta a paso constante— el túnel se desvió ligeramente hacia la derecha. Luego volvió a enderezarse y se mantuvo recto en un tramo similar al recorrido hasta ese punto.

El túnel terminaba abruptamente en un muro con una escalera que surgía desde una oscuridad tan densa como la que tuve que afrontar al comienzo de mi viaje subterráneo. Cuando me disponía a subir las escaleras, volví a pensar en el gigante, en sus grandes fauces de afilados dientes cerrándose sobre mí. Estaba sudorosa y cansada, así que me senté al pie de la escalera para descansar un poco antes del ascenso.

—Oye, Cabeza, ¿cómo va eso? —pregunté al libro que tenía en las manos. Me sequé la frente con la manga de la camisa y eché un vistazo al túnel oscuro.

—Dime, ¿has tenido miedo alguna vez? ¿Has llegado a pensar que no ibas a sobrevivir? Seguro que sí. Seguro que siempre te acompañaban esos pensamientos.

»En fin, ahora debo dejarte, pues no sé para qué me puedas servir durante el resto del viaje, que seguramente acabará al otro extremo de esta escalera en la húmeda lengua de un gigante. Tú espérame aquí. Si consigo regresar, prometo leer todo sobre ti.

Me puse de pie de cara a la escalera y empecé mi

ascenso, que terminó veintiocho peldaños más arriba con un buen coscorrón contra unos tablones. Empecé a apartarlos con las pocas fuerzas que me quedaban. Sin previo aviso, todo el techo salió por los aires dando paso a una claridad radiante. Me quedé totalmente deslumbrada y con los ojos nublados por el repentino golpe de luz. Me cayeron terrones en la cabeza y en la cara, y estuve a punto de perder el equilibrio y desplomarme por el agujero. La lámpara de aceite se mantuvo milagrosamente en el peldaño de arriba con la mecha apagada.

Todo estaba tranquilo. Sólo se oían sonidos familiares, pero que por primera vez sentía tan cerca: el rumor de la brisa en las copas de los árboles, pájaros cantando por todas partes y el áspero murmullo de los arbustos mecidos por el viento. La sola idea de sacar la cabeza por un agujero originado de tan violenta manera me producía auténtico pavor. Y entonces volví a considerar que lo mejor sería darse la vuelta y correr hasta casa sin parar. Finalmente llegué a una conclusión; decidí que me asomaría y, según lo que viera, saldría hacia afuera o bajaría pitando hasta el túnel.

Estiré el cuello lentamente hacia afuera. Cuál no sería mi sorpresa al encontrarme al halcón, que posado a tan sólo un metro de distancia, me miraba con la misma expresión de curiosidad con la que me miró en la biblioteca.

—Vaya, vaya, pues sí que eres pequeña.

Sobresaltada, giré hacia la voz que acababa de hablarme. El hombre más bajito que había visto en mi vida sujetaba la trampilla. Dudo que midiera más de medio metro.

—En eso al menos no se han equivocado; eres una cosita, un cañamón; en cualquier caso das la talla —dijo el hombrecillo.

El enano forcejeaba con la trampilla, que el viento se empeñaba en volver a cerrar. Si hubiera llegado a cerrarse, el impacto me habría enviado al fondo del agujero en un santiamén.

—Si yo fuera tú, saldría de ahí rápido —dijo el hombrecillo, sujetando aún la trampilla—. Mis fuerzas tienen un límite.

Le hizo un gesto al halcón, que dio un graznido y levantó el vuelo con un sonoro aleteo.

—Darius estará encantando de que haya dado contigo. Con un poco de suerte llegaremos al bosque mañana a mediodía, como él esperaba.

Salí del agujero y me incorporé, sin saber muy bien qué hacer después.

El hombrecillo soltó la trampilla, que dio un fuerte portazo contra el suelo. En su lado exterior, la puerta estaba cubierta de musgo y tenía atada una fina soga de corteza de árbol trenzada.

—No debemos permanecer al descubierto. Hay que empezar a moverse. Nos queda un buen trecho y mucho que escalar —dijo el hombrecillo antes de empezar a caminar a toda prisa.

Miró hacia atrás con una expresión severa.

—Vamos, Alexa, que es para hoy.

—¡Espera! ¿Quién eres? ¿Cómo sabes mi nombre? ¡Vuelve!

El hombrecillo apretó el paso y no me quedó más remedio que correr hasta alcanzarlo.

Me gritó para que lo siguiera, pero ni siquiera miró atrás.

—Me llamo Yipes, vivo en las montañas y he venido para llevarte hasta tu destino.

Nos encontrábamos en un triángulo formado por las carreteras amuralladas que llevan de Bridewell a Lathbury y Turlock, respectivamente, y por el mar de la Soledad. Ante nosotros se alzaba el cerro Norwood, que ocupaba buena parte del espacio comprendido entre las murallas y el mar.

Miré hacia atrás y vi cómo la muralla se iba haciendo más y más pequeña a medida que nos alejábamos de ella. Me sorprendió comprobar lo insignificante que parecía a lo lejos, con las montañas de fondo. Al otro lado de la muralla se extendían los Montes Negros, un vasto macizo de muchas colinas que formaban valles sombríos e inhóspitos, imposibles de ver desde Bridewell. Me volví hacia las montañas y seguí caminando. A medida que avanzaba, las montañas parecían crecer bajo mis pies y la luz cobraba una intensidad desbordante que inundaba vastas extensiones. Me detuve a recuperar el aliento y contemplé a Bridewell de nuevo. Jamás lo había visto así. Estaba en un claroscuro de luces y sombras, una cabeza horripilante en la que convergían tres carreteras, como tres enormes serpientes, que separaban amplísimos territorios. Había en aquel diseño cierta lógica, cierta simetría. Era como si cada territorio presionara contra la muralla con el objeto de derribarla y engullir sus dominios. Seguí caminando tras los pasos del hombrecillo con una profunda sensación de euforia y pavor.

# CAPÍTULO 11

# LA POZA INCANDESCENTE

Yipes sería pequeño, pero andaba rápido. Yo le seguía el paso a duras penas. Me estaban empezando a salir ampollas en los pies y tenía las mejillas y los hombros abrasados por el sol. El sudor me caía por la frente y me nublaba los ojos. Volví a mirar hacia atrás. Las murallas eran como pequeños y alargados gusanillos sin vida.

Yipes no era dado a la conversación, o al menos esa fue la impresión que tuve durante nuestra marcha. Al principio le hacía preguntas, pero sus repetidos silencios y mi cansancio, agravado por el intenso calor, me hicieron desistir. La ascensión transcurría, pues, en relativo silencio y con muchas fatigas. De vez en cuando pasábamos por la fresca sombra de alguna arboleda. Me emocionaba escuchar el rumor del viento en las ramas más altas.

Yipes seguía caminando monte arriba. Yo iba detrás, siguiendo a un total desconocido sin saber adónde se dirigía. Pensaba que aquel podría ser un viaje sin retorno, que nunca volvería a casa, que no volvería a ver a mis amigos o a perderme por los pasillos de la biblioteca de Bridewell. Lo cierto era, sin embargo, que había logrado salir al otro lado de la muralla y que, a pesar de mis recelos, el ansia de libertad tiraba de mí con más fuerza. Tenía la conciencia tranquila, pues estaba convencida de que mi aventura estaba al servicio de algún misterioso designio.

Mientras caminaba inmersa en estas y otras meditaciones, estuve a punto de atropellar al pobre Yipes, que se detuvo y se dio la vuelta sin que yo reparara en él. Si no hubiera gritado, "¡Cuidado, señorita!", le habría dado un buen rodillazo en la nariz. Me agaché para verlo mejor y para ver si al fin podía comunicarme con él cara a cara. Tenía los ojos oscuros, un elegante bigote y unos finísimos labios que dejaban entrever dos filas de diminutos dientes amarillentos. Tenía la tez oscura y curtida propia de quienes se pasan la vida al aire libre. Llevaba unos pantalones cortos de cuero, una camiseta, unas sandalias de piel y un sombrero color crema del que surgía una melena lacia de pelo castaño.

—Gracias por el descanso. Pensaba que no te ibas a detener nunca. Y por cierto, eres un escalador de primera.

—De momento no me está permitido hablar contigo, lo siento, vaya que si lo siento. Ojalá pudiera, pero no. Darius ha sido tajante al respecto —contestó Yipes sacando pecho y apuntándome con su afilada barbilla. Acto seguido, se me acercó a la cara y añadió—: Gracias por el piropo.

Yipes me esperaba de pie en el camino, como si nada, con una expresión burlona pero alegre. Su aspecto era totalmente inofensivo.

—¿No me puedes decir, al menos, quién es Darius o

hacia dónde nos dirigimos? Llevamos escalando un buen rato y sigo sin tener ni la más remota idea de qué está pasando —le dije.

Entonces volvió a ponerse firme.

—Lo siento, tengo órdenes estrictas. Debo conducirte hasta el destino establecido a la mayor brevedad posible. Mañana hay una reunión importante, muy impor...

Yipes se quedó como una estatua, giró su cabeza del tamaño de un pomelo hacia la izquierda y escuchó atentamente. Sin más, salió disparado entre los arbustos y trepó a un árbol con la agilidad de una ardilla. Unos segundos después, lo perdí de vista entre las ramas más altas. Miré hacia atrás y vi a lo lejos las larguísimas murallas que se extendían como finas culebras. Así, en la distancia, parecía posible tumbarlas con un golpecito.

Al girar de nuevo, vi que Yipes había regresado. Esperaba firme, sin fatiga y tan tranquilo como si nunca se hubiera movido de su sitio.

—Lo siento. Creí haber oído algo entre los arbustos. Hoy día todas las precauciones son pocas, ¿no te parece? Mercancía importante. Ya lo creo que sí, y mucho.

Me llevó hasta un arroyo y bebí con avidez. Yipes me advirtió que lo hiciera a poquitos o de lo contrario perdería fuerza y caería enferma. Me dio carne seca de su bolsa y me dijo que me sentara a descansar. Tomé otro sorbo de la gélida agua y después de unos minutos de descanso proseguimos la marcha.

—Ya no estamos lejos, nada lejos —dijo Yipes mientras

zigzagueábamos hacia la cumbre de la montaña a un paso mucho más ligero que antes. Entramos en una zona más frondosa, pero el sol de media tarde resultaba sofocante. Minuto a minuto fue transcurriendo otra hora de agotador ascenso tras mi vigoroso guía. Las ampollas de los pies se me empezaron a reventar y las piernas me ardían a cada paso, pero estaba decidida a seguir adelante sin quejarme.

Empezamos a seguir el curso, aguas arriba, del arroyo del que habíamos bebido antes. Era un arroyo estrecho de fondo verde, cuya corriente vivaracha y refrescante nos alegraba con su compañía. Al fondo se veían destellos de peces que reflejaban la luz del sol y que se asustaban al advertir nuestra presencia. Estaba tan cansada que pensé que me iba a desmayar y hasta perdí de vista a Yipes.

—Perdona. Sí, ya puedes parar —dijo Yipes.

Estaba sentado en una gran roca a unos metros delante de mí, atándose el cordón de una de sus sandalias. Resultaba frustrante verlo tan fresco, como si en vez de haber hecho esta brutal caminata acabara de dar un paseo por el jardín.

—Me temo que sólo puedo acompañarte hasta aquí. El resto del trecho habrás de recorrerlo tú solita —dijo Yipes, y bebió hasta saciarse. El cauce del arroyo se había reducido a algo menos de un metro de ancho.

Arrastré mi lamentable cuerpo hasta el río y empecé a beber hasta no poder más. Luego me senté en la orilla y sentí que la historia se volvía a repetir. Con las rodillas encogidas empecé a vomitar agua. Trataba de contener unos escalofríos febriles que me recorrían todo el cuerpo. Me enjuagué la boca en el río y miré a Yipes. No podía más de cansancio, me desplomé boca abajo.

*¿Qué estoy haciendo en esta oscuridad? Siento algo caliente junto a mí. Warvold está con la boca abierta; de sus dientes podridos sale una baba amarillenta que le cae por la barbilla. Me agarra del hombro, me zarandea. ¡Corre, Alexa, corre! ¡Huye de aquí!*

—Despierta, Alexa, despiértate ya. Debes terminar lo que has empezado.

Yipes me agitaba el hombro con su manita, que no debía ser más grande que una almeja. Serían las cuatro de la tarde, más o menos. Me estiré y se me escapó un gemido de dolor, me abracé las rodillas y empecé a llorar. Una procesión de lágrimas me saltaba de los pómulos a las rodillas y de ahí fluían hasta mis pies, dejando una estela plateada. Me dolía todo el cuerpo y mi mente no acababa de adaptarse al nuevo entorno. Tenía un horrible y palpitante dolor de cabeza. Era como tener un hombrecillo más pequeño que Yipes encerrado en el cráneo, tratando de salir por los ojos a mazazo limpio.

*¡Bang! ¡Bang! ¡Bang! "Lo siento, señor Yipes, pero esto no cede". "¡No te rindas ahora, hombre! ¡Dale duro! ¡Echa el resto!" ¡Bang! ¡Bang! ¡Bang!*

—¡Ya está bien, Alexa! Darte cabezazos contra las rodillas no valdrá de nada. Eso te lo puedo asegurar —dijo Yipes—. ¡Así que vamos, en pie ahora mismo!

Se metió en el arroyo y empezó a salpicarme con agua fría. Me desperté sobresaltada y me puse en pie automáticamente. Al hacerlo, sentí un dolor agónico desde los pies hasta las caderas. Las ampollas reventadas me pedían a gritos que me sentara. *¡Siéntate o te saco el mazo entre los ojos!* Caí de rodillas; Yipes volvió a echarme agua encima hasta que grité:

—¡Ya basta! ¡Me he levantado! Espérate un segundo y seguiré caminando.

Yipes se quedó mirando cómo me escurría el pelo con las dos manos. Luego salió del agua y volvió a sentarse en la roca. No sólo logré mantenerme en pie sino que, además, supe que podría sacar la fuerza suficiente para recorrer el último trecho del viaje.

—Creo que puedo seguir una o dos horas más —le dije—. Eso sí, vas a tener que aflojar un poco el paso; las ampollas me están matando.

Yipes me miró con los codos clavados en las rodillas y sus dos manos apretadas.

—Señorita, ya te he dicho que hemos llegado. Eres una gran montañera, sí, ya lo creo. Aunque eres más bien menuda, has subido fenomenalmente. Ahora bien —prosiguió—, mi obligación es señalarte la senda de tu destino, y también es un privilegio para mí, pero de momento aquí concluye mi misión. Te he guiado hasta este lugar, pero me temo que el último empujón tendrás que darlo tú sola. Lo que debes hacer es ir hasta el arroyo. Entra en él y camina aguas arriba hasta que encuentres una poza. La

97

reconocerás en cuanto llegues, de eso puedes estar segura. Es un sitio especial al que se tiene acceso una sola vez en la vida. No puedo decirte qué debes hacer cuando llegues; eso tendrás que averiguarlo tú solita.

Seguí el curso del arroyo con la mirada. A unos treinta metros de distancia hacía un recodo y su cauce verdoso se perdía entre los árboles.

—¿Sí, pero cómo sabré que he llegado al sitio correc...?

Al girarme, Yipes ya no estaba en su roca.

Me quité las sandalias y caminé con ellas en la mano. Mi dolor de pies aumentó al pisar la superficie arenosa de la orilla, así que hice lo que pude por entrar en el agua lo antes posible. El arroyo tenía poco de ancho y en lo más hondo me cubría hasta las rodillas. El agua fría me hizo estremecer, pero mis pies agradecieron la caricia del blando y musgoso fondo. Era como ir pisando una almohada de plumas, o mejor aún, pues aquel verdín me envolvía los dedos de los pies en una suave viscosidad. No pude contener un largo suspiro de alivio y hasta una sonrisa. ¡Aaaaah! El calor era aún intenso, así que me hundí por completo y salí a la superficie en una explosión de tonificante optimismo. Empecé a avanzar con fuerzas renovadas, hundiendo mis inflamados pies en aquella aterciopelada alfombra vegetal.

Al llegar al recodo, el arroyo se remansaba en un tramo aún más angosto en el que el agua fluía con un silencio espectral. Seguí remontando el arroyo hasta doblar otro recodo que daba paso a una poza rodeada de grandes rocas. Ese era el lugar.

Llegué hasta el borde de aquella poza, que debía medir unos tres metros de lado a lado. Miré hacia abajo. Mis piernas quedaron ocultas por un nubarrón de agua cenagosa. Al girarme comprobé que iba dejando a mi paso una estela de agua turbia que surgía del fondo e invadía el agua como una plaga de langostas. La propia poza adquirió una tonalidad extraña que nunca había visto. Avancé hacia el centro dando tres largos pasos y pude ver el fondo por unos instantes. Hundida hasta el pecho, vi el contorno brillante de una piedra que irradiaba un intenso color verde. Un instante después se levantó una opaca turbulencia que me cubrió los pies y fue subiendo. Instantes después me vi sumergida hasta la barbilla en agua sucia.

Bajé hasta el fondo, agarré un puñado de piedras y las saqué a la superficie. Eran unas piedras marrones y ordinarias, sin ningún color especial. ¿Lo habría imaginado? Saqué más y más piedras por toda la poza hasta quedar rendida de irritación y cansancio en medio de ese caldo cenagoso.

Golpeé el agua con ambas manos y rugí de pura frustración.

—¡No lo entiendo! ¿Qué es lo que tengo que hacer? —exclamé con la esperanza de que Yipes bajara desde las rocas con la respuesta. Fue en vano. Estaba total y absolutamente sola. Ahí de pie, en el centro de la poza, advertí que el agua había pasado de chocolate a café con leche. Pensé que si me quedaba inmóvil, el lodo acabaría decantándose en el fondo y aquella piedra color esmeralda brillante volvería a aparecer. Entonces no habría más que agacharse con infinita lentitud e ir extendiendo la mano hacia la piedra hasta tomarla. A lo mejor ahí no terminaba la cosa, pero me parecía un buen comienzo. Así que me dispuse a esperar, quieta como una estatua, en aquella poza de agua turbia.

El agua tardó en empezar a clarear mucho más de lo que imaginaba. Me exasperaba ver cómo aquella agua sucia se resistía a cambiar de color, o al menos eso era lo que me parecía. ¿Había pasado a un marrón más claro? ¿Empezaba a verse alguna silueta en el fondo? No estaba segura, pero seguí quieta en una espera que duró una eternidad. Me recordaba a la frustrante búsqueda de vida animada por los Montes Negros desde el alféizar de la ventana. Me preguntaba qué estarían haciendo padre y Ganesh. Los extrañaba muchísimo.

Esos y otros muchos pensamientos furtivos me asaltaron durante mi tediosa espera. Hice lo imposible por permanecer quieta. El agua, ya no había ninguna duda, clareaba por momentos. Lo malo era que la luz del día se desvanecía casi al mismo ritmo. Aunque el agua empezó haciéndome mucho bien, al retirarse el sol se empezó a enfriar. Estaba tiritando y debía de tener los pies arrugados como pasas, pero lo peor de todo era que empezaba a sentir calambres en las plantas de los pies, lo cual me

100

obligaría a moverme y a agitar otra vez el fondo de la poza. La noche se acercaba y sabía que traería consigo un frío terrible que me obligaría a salir del agua.

Cerré los ojos para no perder la concentración. Me imaginé sentada en el salón junto a padre y que su pipa perfumaba toda la estancia con su humo dulzón. En la chimenea rugía un fuego enorme y crujiente que proyectaba su luz anaranjada en los rostros de Ganesh, Grayson, Silas Hardy, Nicolás y mi padre. Discutían con aquella divertida ironía que nos amenizó tantas y tantas veladas: *ese tabacazo que fumas recuerda al perfume de los zorrillos en celo... piensas que el sol sale por las mañanas para que puedas mirarte en el espejo.*

Abrí los ojos y miré al cielo. Ya era de noche cerrada, las estrellas brillaban arracimadas sobre mi cabeza. Sin embargo, aquella no era la oscuridad propia de una noche en campo abierto; hasta las calles de Bridewell eran más oscuras cuando se apagaban todas las luces de la ciudad, excepto las pequeñas lámparas de las atalayas de vigilancia. Las paredes de rocas que rodeaban la poza brillaban con un destello artificial, como las páginas de un libro a la luz de una vela. Qué extraño. Luego miré hacia abajo. La charca irradiaba una luz verdosa que fluía de una piedra no más grande que la yema de un dedo. La piedra estaba junto a mi dedo gordo. En mis piernas y mis pies se reflejaba aquella luz color de lima, potente en su origen y que se difuminaba hacia las orillas de la poza.

Mi temblor se tornó en una violenta tiritona; me

horrorizaba la idea de meter la cabeza, el cuello y los hombros en aquel gélido resplandor. Cuanto más temblaba, más tenue se iba haciendo el destello. Comprendí que si no actuaba rápido acabaría por remover el lodo, eclipsando de nuevo el foco de luz. Empecé a sumergirme lentamente, dando suspiros ahogados a medida que el agua, fría como el hielo, iba envolviendo mi piel con punzantes cuchilladas. Tomé una bocanada de aire, aguanté la respiración como pude y me sumergí totalmente.

Pude ver la gema con claridad, rodeada de otras piedras marrones e inertes. La única piedra especial era la que estaba junto a mi pie; brillaba como un diminuto sol verdoso en un cielo de cristal líquido. La tomé entre mis manos y sentí su calidez. La agarré con fuerza y salté hacia la superficie, aterida de frío.

—Así se hace, señorita —dijo Yipes con su inconfundible vocecilla—. Vamos, sal de ahí, no vayas a pillar un resfriado.

Aunque los dientes no me paraban de castañear, no pude sino esbozar una sonrisa al ver a mi pequeño amigo ahí arriba, descolgándose como un mono por las rocas. Se deslizó por la pared y bajó hasta la orilla del arroyo, invitándome con gestos a salir del agua cuanto antes.

—¡Es-to-toy muerta de fr-fr-fr-ííío, Yip-peees!

Salí a duras penas a la mullida orilla de musgo, donde me esperaba Yipes con una gruesa frazada. Se la arrebaté de las manos, me la eché sobre los hombros y me senté a su lado a la orilla del arroyo. Miré la poza, que estaba sumergida ahora bajo la acogedora luz de la luna.

—¿Y tus sandalias? —preguntó Yipes al tiempo que me pasaba por la cabeza una cincha de cuero con un talego.

Respondí con un improperio que nos sorprendió a ambos.

—Las he debido perder en la poza. Cuando llegué las tenía en la mano, pero ahora...

—No pasa nada, no pasa nada. Mete la gema en el talego que llevas en el cuello. Enseguida vuelvo.

Antes de que pudiera abrir la boca, Yipes saltó al agua de cabeza y desapareció. Luego surgió en el centro mismo con mis sandalias en la cabeza.

—¿Son tuyas? —preguntó con una sonrisa burlona y el bigote chorreante.

Al llegar a la orilla me extendió las sandalias, pero yo estaba ocupada observando los ángulos de la gema. Aún irradiaba una pálida luz. Tenía la superficie muy lisa y era muy pesada para su tamaño; poco más que medio huevo. Tenía una tonalidad increíble: un llamativo verde lima que invitaba a llevártela a la nariz para oler su aroma cítrico.

—¿Aún estás jugando con eso? —preguntó Yipes—. Yo la guardaría en el talego. Si hay algo en esta vida que no debes perder es esa gema.

Así lo hice. La metí en la bolsa y cerré el cordón del

talego con fuerza para mantenerla a salvo en su nuevo hogar; un hogar áspero y seco, muy distinto al medio acuoso de donde la había rescatado. No sé por qué, pero en ese instante me sentí responsable de su salvaguardia.

—Ahora lo importante es no quedarse quieto. Ya sé que tienes los pies doloridos, pero lo peor ya ha pasado. Hay que avanzar un poquito más. Luego podrás descansar —dijo Yipes, empapado de pies a cabeza, tan servicial como de costumbre.

Obedecí sin rechistar y me puse en pie. Empecé a sentir verdadero afecto por Yipes y no me molestó seguir sus órdenes siempre y cuando no me dejara atrás. Nos alejamos del arroyo a la luz de la luna, caminando en el silencio de la noche. Renny Lodge estaba lejos, en la nada de la noche.

# CAPÍTULO 12

# DARIUS

Después de media hora de caminata, Yipes y yo escuchamos un torrente. Nos aproximamos a lo que resultó ser un arroyo de unos siete metros de ancho. Los márgenes y el propio cauce del arroyo estaban salpicados de grandes rocas de formas variadas; por la forma en que estaban dispuestas, aquel tramo de arroyo se me antojaba como el brazo pecoso del algún ser gigantesco. Al otro lado del arroyo, la luna reflejaba su pálida luz en una extraña casita elevada sobre unas rudimentarias vigas. Una parte de la casa estaba sobre la tierra y la otra se mantenía a varios pies sobre el agua. Era una casita de tres pequeños niveles que se elevaban hacia el firmamento. También tenía una chimenea de la que salían bocanadas de humo.

Yipes sorteó el arroyo brincando por las rocas. Yo lo seguí y, aunque disfrutaba de aquel desafío, temía dar un traspié y caer en la gélida agua. Yipes ya llevaba un tiempo esperando y yo seguía en la tercera de las doce rocas que me separaban del otro lado del arroyo.

—Mala brincadora digamos que no eres —dijo cuando sorteé la última roca—. Y has seguido exactamente mi camino. Eso no está mal, nada mal. Esa cualidad te vendrá muy bien en el futuro.

Giró y prosiguió su marcha hacia la casita de tres pisos. Me moría de curiosidad de verla por dentro. El arroyo seguía con su alegre y placentero murmullo. En cuanto subimos al porche de entrada, Yipes se detuvo. El halcón nos esperaba posado en la barandilla. Yipes le acarició el cuello suavemente.

—Alexa, esta es mi casa. Intentaré que estés lo más cómoda posible hasta mañana. Darius llegará a primera hora y te conducirá ante el consejo —explicó al tiempo que abría la puertita, que debía medir un metro y pico de alto por medio de ancho.

Para entrar tuve que arrodillarme y pasar de lado, pero la casa no era tan pequeña como imaginaba y, en todo caso, sus dimensiones eran suficientes para una niña de menos de un metro y medio. Me imaginaba al pobre Grayson metiendo la barriga para pasar por la puerta, atascado sin remedio en el marco con su enorme panza hacia afuera, como un corcho en el cuello de una botella; o a Pervis Kotcher ya dentro, pero con las rodillas encogidas y el trasero hacia la chimenea, gritando y dándose cabezazos contra las vigas del techo.

Pasé a una estancia cuadrada de unos cuatro metros de lado a lado y algo más que un metro desde el suelo hasta el techo. Aunque tuve que permanecer sentada para no darme contra el techo, era un lugar acogedor y cálido. En el centro había una mesa repleta de pan, frutos secos, bayas y agua fresca. Con tantas emociones acumuladas no había pensado en comer en todo el día, pero al ver todo aquello ante mí, tan a mano, el estómago me empezó a rugir.

—Yipes, puedo...

—La pregunta ofende. Eres mi invitada de honor y la comida es toda para ti, naturalmente.

Yipes tragó saliva y se mesó su largo bigote.

—No probaré bocado a menos que tú también comas —le dije.

—Si te vas a poner así, de acuerdo —respondió Yipes. Sacó del bolsillo un bonito cascanueces a escala, y se acercó a la mesa con una amplia sonrisa de satisfacción oculta tras su aterciopelado bigote.

Me recliné sobre un codo y él se sentó a la mesa en una sillita vieja. Comimos en silencio hasta hartarnos, envueltos en el baile de luces y sombras que el fuego proyectaba en las paredes. Había una escalera de caracol que daba al segundo piso, pero era evidente que me sería muy difícil pasar por ella. Comprendí que dadas las reducidas dimensiones de su morada, tendría que pasar la noche en el pasillo, así que ni se me ocurrió pedirle que me enseñara el resto de la casa. Lo que sí hice fue bombardearlo con preguntas.

—¿Has jurado no decir nada sobre el tal Darius ni sobre esa misteriosa reunión a la que debo asistir? —le pregunté con un gran vaso de jugo de manzana entre las manos.

—Dentro de poco lo sabrás todo, dentro de muy poco, ya lo creo.

—¿Tampoco puedes decirme de dónde eres y por qué vives en las montañas? —le pregunté.

Yipes miró a otro lado; empezó a juguetear con su cascanueces y a hurgar en una cáscara de nuez. No sabía qué decir o cómo responderme.

—Me temo que no me está permitido darte demasiados detalles. Sí puedo decirte que viví un tiempo en Bridewell, de esto hace muchos años. Cuando mis padres se dieron cuenta de que me iba a quedar pequeñito, me abandonaron en las calles.

Hizo una pausa y luego prosiguió.

—Desaparecer del mapa es lo más fácil del mundo cuando nadie repara en ti.

Y entonces, *crac*, rompió otra nuez.

—Yo soy muy pequeña y no me ha sido nada fácil desaparecer —le dije.

—Bueno, eso tiene su explicación. Tú eres especial, muy especial, ya lo creo.

No estoy segura de cuánto duró aquella conversación; el cansancio acumulado, la digestión de una buena cena y el calorcito de la estancia me arrastraron a un profundo sueño. Lo siguiente que recuerdo es la luz y el frescor del alba. Estaba encogida como un bebé con una frazada por encima y una almohada de edredón debajo de la cabeza. Empezaba a despertarme lentamente.

—*Es más grande de lo que me esperaba.*

—*¡Qué va! Es ideal, hasta yo puedo darme cuenta de eso.*

—*De acuerdo, de acuerdo. No te pongas así. Sí, yo*

*también creo que es perfecta. Te felicito por tu trabajo. Traerla hasta tan lejos no fue cosa fácil.*

—El mérito es todo de ella. Este servidor no ha hecho nada por ayudarla. Ella es a quien buscabas. No hay duda.

Las voces se fueron haciendo más nítidas. Empecé a incorporarme. Durante un momento pensé que estaba en mi alcoba de Renny Lodge y que todo lo que me había sucedido el día anterior fue un sueño. Entonces me giré y vi a Yipes acompañado de un tremendo lobo que jadeaba y enseñaba sus blanquísimos dientes de varios centímetros de largo.

Retrocedí instintivamente hacia la pared, alarmada por un miedo frío y extrañamente familiar. Me froté los ojos para comprobar que estaba despierta y pude ver con una claridad aterradora que aquello no era un sueño. Empecé a reconocer todo lo que me rodeaba. Era como si el rumor del viento en los árboles tuviera un significado concreto que yo pudiera comprender; como si el sonido del arroyo en su fluir hacia el valle se estuviera expresando en un lenguaje universal.

—Permíteme que me presente —dijo el lobo—. Me llamo Darius.

Aquella bestia no articulaba los sonidos moviendo los labios, como las personas, pero le entendía perfectamente. Era como si todos sus movimientos (su caminar elástico y pendular, el sonido áspero de sus pezuñas, el balanceo de su cabeza, los tenues rugidos que surgían de su garganta y cientos de otros detalles más o menos perceptibles) se conjugaran formando un lenguaje preciso que yo comprendía sin ninguna dificultad. ¿Qué me estaba sucediendo?

—Disculpa, ¿me acabas de decir tu nombre? —pregunté casi sin aliento.

—Correcto. Y tengo entendido que el tuyo es Alexa Daley, de Bridewell Common. Es para mí un honor conocerte.

—Lo mismo digo —respondí de un modo automático y casi inconsciente.

Yipes permanecía callado y firme, pegado a la pared. El lobo avanzó con pasos elásticos y elegantes, y se detuvo a un metro de mí.

—Sé que estás confundida y que tienes muchas preguntas que hacer. También sé que debes regresar a Bridewell antes de dos días. Sé quién es tu padre y también Grayson, Ganesh y Pervis Kotcher. También sé de tu madre, de Nicolás, de Warvold y de un montón de cosas de las que tú ni siquiera has oído hablar.

»Alexa, has sido elegida para cumplir con un cometido muy preciso. El nacimiento de Warvold puso en marcha una cadena de acontecimientos que ahora, con su muerte, deben parar. Él te encomendó esta misión y debes cumplirla.

»Yipes ha tenido la amabilidad de traerte hasta aquí. Ahora es mi obligación escoltarte ante el consejo del bosque y su líder. Yo puedo llevarte hasta el túnel de

Lathbury. Allí proseguirás el viaje con Malcolm, que te acompañará durante el último tramo.

*Consejo del bosque, líder, más túneles...* tenía la cabeza abarrotada de información incomprensible. Mi instinto inmediato, naturalmente, fue cuestionar mi supuesta responsabilidad en todo este embrollo.

—Mira, yo no soy más que una niña, una niña *pequeña* —objeté—. Hablen con mi padre. Yo le contaré todo esto y lo pondré en contacto con ustedes. Él me creerá.

—Alexa —dijo Yipes en voz baja desde el otro extremo de la habitación—, tu pequeñez es tu fuerza. Sin ella no habrías sido la elegida. Mírame. No soy ni la mitad que tú. Y aun así, sin mi ayuda estarías dándote cabezazos en la trampilla del túnel; sin mí seguirías encerrada en Bridewell. Tu tamaño es perfecto, Alexa. Ahora sólo te queda por demostrar si tienes la suficiente grandeza *interior*.

—Te prometo que al anochecer lo entenderás todo —prosiguió Darius—. Y a la mañana siguiente estarás de vuelta en casa.

Me quedé mirando a Yipes con el deseo de sentarme a su lado. Me hubiera pasado el día hablando con él. Seguía inmóvil, absolutamente firme, ni siquiera se movió para secarse la lágrima que le corría por la mejilla.

—De acuerdo, iré —dije, y el lobo me transmitió misteriosamente su alegría.

Darius tenía prisa por partir. Justo después de aceptar,

se me acercó y me empujó hacia la puerta con su tremenda cabeza.

—¿Volveremos a vernos? —le pregunté a Yipes mientras salíamos al porche. Me colgó del cuello un morral lleno de comida deshidratada.

—Creo que sí —respondió con los ojos inundados de lágrimas—. Darius sabrá cuidar bien de ti. Confía en él.

Luego se dio media vuelta y se fue hacia su halcón a esconder su pena. Corrí hacia él, lo levanté del suelo como si fuera un muñeco y le di un fuerte abrazo. Luego le di una vuelta completa y volví a dejarlo donde estaba.

Sin más, empecé a alejarme del arroyo con Darius. Caminamos hasta que el murmullo del agua se confundió con el sonido de la brisa en la cúpula arbórea.

Me preguntaba si Warvold me habría elegido *realmente* a mí. Sí, me pidió que lo acompañara en su último paseo. Pero ¿por qué lo habría hecho de esa manera? Podía haberme dado la llave directamente. ¿Es que acaso quiso ponerme a prueba? Tuve que encontrarla yo solita y hasta que no lo hice, no fui merecedora de mi misión.

# CAPÍTULO 13

# EL TERRIBLE SECRETO

Tenía la sensación de que habíamos tomado el rumbo equivocado. Es más, estaba convencida de ello. Sabía hacia donde quedaban la muralla de Bridewell y las tres carreteras amuralladas. Nos dirigíamos hacia la ruta de Lathbury, que estaba en dirección opuesta. La ruta de Lathbury dividía aquel cerro de los Montes Negros, no el cerro Norwood del bosque de Fenwick.

—¿Darius?

—Sí, Alexa, dime.

—Mi sentido de la orientación no es tan fino como el tuyo, pero tengo la sensación de que por aquí no vamos bien.

—Muy bien, Alexa. Estás en lo cierto. Nos estamos desviando un poco. Es que hay algo que quiero que veas antes de ir a la reunión. No tardaremos mucho.

No es que Darius fuera antipático, pero no había mencionado este cambio de plan cuando estábamos con Yipes. Aquello despertó mi sospecha. Después de todo, Darius era un lobo y yo era como un cordero perdido y vulnerable. Decidí ir con los ojos bien abiertos. Si algo más volvía a parecerme raro, tomaría mi propio camino e iría en busca de Yipes.

Darius no era como los pequeños lobos que

acostumbraba a ver en los libros; era un ejemplar descomunal que, sobre sus cuatro patas, me llegaba a la altura de los hombros. Su cabeza era del tamaño de las sandías del huerto de mi madre. Aunque nunca tuve ocasión de acariciarle su hermoso pelaje, tenía un aspecto de lo más suave y saludable. Cualquiera de sus enormes garras era más ancha que mi mano con todos los dedos extendidos, y aquellas poderosas fauces parecían suficientes para quebrar una rueda de carreta.

—Aquí estamos —dijo.

—¿Dónde es aquí? —le pregunté con cierta aprensión.

Al mirar hacia adelante advertí que nos encontrábamos en una arboleda a menos de siete metros de la carretera de Lathbury.

—¿A qué distancia a la derecha queda el portón de Lathbury?

—No está muy lejos. Calculo que a unos doscientos metros, pero estamos bien guarecidos. Aquí no nos pueden ver los centinelas. Y, además, hemos puesto a los halcones a vigilar a doble jornada. Nos avisarán si surge algún peligro.

—¿Por qué me has traído hasta aquí, Darius? ¿Es que quieres ponerme a prueba? ¿Acaso quieres ver si salgo corriendo para decirle a todo el mundo que los animales hablan y que el mundo exterior es *tan* peligroso como se piensa?

—¡No, por Dios! Pensarían que has perdido la razón.

Además, ellos no pueden entender nuestro lenguaje. Sólo tú puedes —dijo.

Darius dio tiempo para que esa información calara en mí. Luego prosiguió:

—Hace tiempo se excavó un túnel que pasa por debajo de esta muralla. Es un túnel muy angosto. Tan angosto que apenas quepo en él; de todos modos, yo no soporto los túneles y me niego a entrar en ellos sea cual sea su tamaño.

»Este túnel tiene unos treinta metros de largo y se va haciendo más y más profundo. Al final hay unos tablones tapados con tierra prensada. No te voy a engañar, Alexa, es un viaje a las tinieblas, aunque me han dicho que si das con el ángulo exacto, puedes asomarte por un punto de luz. Este túnel lo han excavado los tejones; la tierra prensada y los tablones los puso Yipes. Él es más pequeño que tú y pasó mucho tiempo trabajando ahí dentro.

»Antes de conducirte hasta Malcolm debes arrastrarte hasta el final y volver. Eso es lo único que debes hacer.

Darius se apartó, dejando a la vista la estrechísima boca del túnel, que debía tener una circunferencia de unos sesenta centímetros.

—No sé si cabré por ahí —dije, aunque estaba casi segura de que cabía.

Darius se alejó unos pasos hasta la sombra de un gran árbol. Se tumbó y recostó la cabeza sobre las patas con un gesto somnoliento.

—Si nos puedes ayudar es precisamente porque eres pequeña, Alexa. Yo creo que cabes.

No dijo nada más y empezó a respirar con un ritmo sostenido, como si se hubiera quedado dormido.

Me asomé por el agujero y comprobé que estaba totalmente oscuro casi desde el principio. ¿Esperaba que avanzara por un túnel oscuro hasta darme de bruces con una familia de tejones para que me hicieran pedazos y me dejaran pudrir en esa especie de tumba improvisada? Se me ocurrieron varias razones por las que Darius podría estar conspirando para matarme. Apenas lo conocía y era el *único* lobo que conocía. ¿Era prudente fiarse de un lobo? Me di la vuelta y ahí estaba Darius, como si nada, pasando la mañana dormido a la sombra de un árbol.

Pensé en salir corriendo hacia la atalaya, gritando y moviendo los brazos para que me rescataran los centinelas. Otra posibilidad era volver hasta el túnel secreto que conduce a la biblioteca de Bridewell, aunque aquello resultaba poco menos que imposible, pues no tenía ni la más remota idea de cómo llegar hasta allí. Aprovechando que Darius dormía, también podía haber ido en busca de Yipes para que me ayudara, aunque pensándolo bien, ¿hasta qué punto podía decir que conocía a Yipes? Lo cierto era que no sabía de él mucho más que de Darius.

Caminé de un lado a otro ante la boca de la cueva sin estar muy segura de qué hacer.

—Tienes razón por muchos otros motivos —dijo Darius, que me miraba con la cabeza erguida, clavándome

116

sus penetrantes ojos pardos—. Llevamos bastante tiempo observándote con interés. Sabemos que has estado conspirando y tramando planes para escapar al otro lado de la muralla y que no has parado hasta conseguirlo. Siempre has sospechado que tu vida se debe a un designio superior, que has de cumplir con un deber misterioso o, quizá, quién sabe, con un pasado remoto que no alcanzas a recordar. Tu búsqueda no ha sido tan errática como crees. De momento te ha traído hasta aquí, ¿no?

Darius se levantó y se acercó hasta mí con su paso potente y seguro. Era un lobo soberbio al que creía capaz de medirse con cualquier hombre o cualquier bestia.

—¿Sabes de dónde procede la piedra de la poza y por qué te permite comprender mi lenguaje? ¿Tienes la más remota idea de qué le pasó a Renny Warvold? ¿Sabes quién es Elyon y dónde encontrarlo? Estoy convencido de que te sorprenderían las respuestas a estas y a muchas otras preguntas; pero lo primero es lo primero, Alexa. Y lo cierto es que no comprenderás por qué estás entre nosotros hasta que no bajes a ese hoyo. A partir de entonces empezarás a comprenderlo por ti misma.

»Este puede ser el comienzo o el final de tu aventura, Alexa.

Estaba indecisa. Tomé una bocanada de aire fresco y eché un vistazo al cielo limpio de aquella mañana ventosa y despejada. Había hojas en el aire; un halcón sobrevolaba en círculos. Me preguntaba si Yipes lo habría enviado para que velase por mí.

Me puse en cuatro patas y metí la cabeza en el agujero. Empezaba a hacerme a la idea de que no tardaría en estar bajo tierra. Fui incapaz de resistir la tentación de desentrañar tanto enigma.

Metí las manos. Nada más palpar el suelo frío, unos terrones se desmoronaron hacia las sombras. Al meter los hombros comprendí que sería imposible mirar atrás sin hacer caer montones de tierra de las paredes. El túnel era mucho más angosto de lo que pensaba, y empezaba a sentir una terrible claustrofobia. Mi cuerpo tapaba la escasa luz que se filtraba del exterior y sólo dejaba pasar algún pálido destello. Al meter las rodillas, surgió un nuevo inconveniente: al avanzar a cuatro patas me iba dando en la espalda con el techo del túnel. Podía solucionarlo si apoyaba los antebrazos en vez de las manos, pero no tardé en descubrir lo complicado que resultaba controlar el trasero en esa posición. La única solución era agacharme y avanzar con empujones. Poco después me vi sumergida en una fría oscuridad.

¿Qué longitud dijo Darius que tenía? ¿Treinta metros? No lo recordaba exactamente, pero estaba segura de que, fuera cual fuera la distancia, para mí serían como cien kilómetros. Cuanto más avanzaba hacia el interior, más oscuro se hacía. Al cabo de un rato decidí continuar con los ojos cerrados para que no me entrara tierra en ellos. Veinte minutos después me empezaron a doler las rodillas y la espalda y un miedo terrible se apoderó de mí. Al abrir los ojos, tuve la angustiosa sensación de estar en un sueño del que era imposible despertar. Abrí y cerré los ojos, y lo único que veía y dejaba de ver era la misma oscuridad. Un amargo terror me atenazaba la garganta.

En ese momento me di cuenta de que me sería imposible darme la vuelta. Ni entonces, ni cuando llegara el momento de regresar. Si avanzar a empujones era complicado, hacerlo hacia atrás sería prácticamente imposible. Estaba condenada. Moriría de agotamiento bajo tierra en mi último y fatal intento por darme la vuelta. Empecé a respirar con ansiedad y ante mis ojos surgió un arco iris de estrellas. Supe que si seguía así acabaría desmayándome.

Me recliné sobre los tobillos y procuré serenarme. "Llevo veinte minutos aquí dentro. ¿Por qué no habré contado cada uno de mis empujones?" Si con cada empujón avanzaba unos diez centímetros, estaría avanzado unos dos metros por minuto. Es decir, llevaba recorridos unos cuarenta metros, más o menos. Eso quería decir que Darius me había mentido, pues ya hacía un buen rato que había cubierto esos treinta metros. Probablemente ya habría tapado la entrada con tierra y andaría por el bosque en busca de alguna desdichada víctima a la que pudiera devorar. Me quedé tumbada boca abajo sobre la helada tierra de mi sepultura y sin saber qué hacer.

Sabía que no podría girarme o retroceder hasta la boca de la cueva. Me di cuenta de que mis únicas dos opciones eran seguir adelante o quedarme ahí tumbada hasta morir de hambre. Tres empujones después, mis manos hallaron un vacío en lugar de suelo.

Volví a tumbarme y descolgué los brazos hacia abajo, pero no alcancé a tocar fondo. Comprobé a tientas que las paredes también habían desaparecido y pude ver una luz tenue en la distancia. Tiré un guijarro y lo oí caer a poca distancia. Me deslicé hacia el espacio abierto como una serpiente y me incorporé.

Pensé que Darius era un buen tipo, después de todo, aunque su fuerte no fuera calcular distancias.

Abrí los brazos y avancé varios pasos a tientas sin encontrar nada. Finalmente di con una pared y noté al tacto que estaba hecha de tablones. La palpé de arriba a abajo hasta alcanzar un techo que estaba como a un palmo por encima de mí. El leve destello de luz que había visto no bastaba para iluminar aquel espacio oscuro, pero se proyectaba con claridad sobre la superficie rugosa de la madera. Descubrí una pequeña abertura de menos de tres centímetros, a través de la cual se colaba un haz de luz.

Me puse de espaldas a la pared y fijé la mirada en el luminoso resquicio. Me acerqué a la pared. No podía imaginar lo que podría encontrarme al asomarme por el pequeño orificio.

Daba a una habitación. Una lámpara colgaba junto a la pared más alejada. Había otra lámpara más hacia mi derecha, pero sólo veía su destello de luz. Había una mesa con dos sillas y, en la pared del fondo, un mapa que representaba lugares para mí desconocidos, conectados mediante una intrincada red de líneas marrones y negras. Desde mi perspectiva, no se apreciaba ninguna puerta en aquella habitación con luz mortecina.

Alguien se acercaba. Eran ecos distantes, parecidos a las voces apagadas que escuchaba a través de las puertas cuando me quedaba espiando durante las reuniones oficiales de Renny Lodge. Como entonces, el corazón empezó a latirme con fuerza. Cada vez se oían más cerca. Eran dos hombres. Discutían. Sus voces se fueron haciendo más nítidas. Hablaban en un tono furtivo que conocía bien.

—Me da igual lo que diga, ya llevamos demasiado tiempo esperando —dijo uno de ellos con impaciencia.

—Comprendo que tengas ganas, pero no eres el único. ¿Qué quieres que haga? Irá en el momento más indicado, ni antes ni después —dijo el otro.

Habían pasado a la habitación y los tenía a mi izquierda. Casi podía verlos directamente.

—¿Por qué no podemos decirle que ha llegado el momento de actuar? —replicó el primero enojado—. El momento ya ha llegado. Los hombres están esperando.

De pronto pasaron junto a mí y me llevé tal susto que me caí de espaldas con un golpe seco. Temía que me hubieran oído. Me quedé encogida esperando ver aparecer un ojo por el agujero, temiendo que aquellos individuos destruyeran la pared y me apresaran.

Por fortuna, la luz no dejó de entrar por la ranura y las voces empezaron a alejarse. Pasado el susto, volví a acercar el ojo al agujero. Los hombres estaban sentados ante una mesa. Hablaban sin despegar la mirada del mapa que colgaba en la pared opuesta. Estaban más lejos que antes y habían bajado el tono, por lo que sólo podía distinguir alguna palabra o frase suelta: "muy largo", "comprendo" y un enfático "¡No!".

Aunque me esforcé por entender la conversación, sólo pude oír una algarabía de palabras inútiles y sin conexión aparente. Sin embargo, su forma de hablar no me dejó la menor duda de que estaban conspirando con algún siniestro fin.

Uno de los hombres se levantó y caminó hacia mí, seguramente para recoger algo de ese lado de la estancia. Era un hombre corpulento y, al acercarse, comprobé que tenía el pelo descuidado y una densa barba. Siguió aproximándose hasta ponerse justo enfrente de mí. Aguanté la respiración. Lo vi encender una lámpara que estaba al lado mismo del agujero. En cuanto prendió la mecha comprendí, sin lugar a dudas, por qué Darius me había hecho ir allí.

Aquel hombre de aspecto rudo llevaba una *C* marcada a fuego en el centro mismo de su frente.

¡Era un convicto!

# CAPÍTULO 14

# EL CONSEJO DEL BOSQUE

El viaje de vuelta a través del túnel duró menos de la mitad que el de ida. Con la prisa no sé cuántos coscorrones me di, por no hablar de los golpes en las rodillas, los codos y la espalda. Al salir del agujero sentí un mazazo de calor y de luz y me pasé un rato viendo destellos blancos y amarillos. El viaje me dejó exhausta. Estuve un rato tumbada sobre el suelo con las manos en los ojos, escuchando el murmullo de las hojas en las copas de los árboles.

—Supongo que tendrás hambre. ¿Qué te parece si abrimos tu morral y nos llevamos algo al estómago?

Era Darius que me hablaba a varios metros de distancia. Me acerqué a él rodando como una alfombra enrollada.

—¿Qué hacen allí esos hombres? —le pregunté—. He visto a uno muy de cerca. Tenía una *C* marcada a fuego en la frente. Yo pensaba que todos los presos que construyeron la muralla se habían marchado. ¿Cómo es que siguen aquí?

—Ah. Yo sé qué están haciendo y muy pronto también lo sabrás tú; pero primero comamos, ¿te parece?

123

Volví a arremeter con mis preguntas pero el lobo no soltaba prenda, así que desistí y le di un poco de carne seca, que desapareció rápidamente en un amasijo de colmillos y babas. Emprendimos camino a la muralla de Turlock, que separaba las montañas del bosque. Yo iba con un mendrugo en la mano y de cuando en cuando le daba un mordisco. Al rato volví a bombardear a Darius con preguntas sobre aquellos hombres, pero él seguía como si nada, avanzando sinuosamente entre los matorrales y vadeando los árboles caídos con los que íbamos topándonos. Harta ya de tanto silencio, me detuve y grité:

—¿Te importaría parar un minuto para contarme *algo*? Darius se detuvo y se giró hacia mí.

—Hoy he de cumplir con dos misiones concretas: convencerte de que atravieses un túnel y dejarte en manos de Malcolm antes de mediodía. De momento sólo he cumplido una. Te aseguro que antes de que se ponga el sol obtendrás respuestas a todas tus preguntas, pero de momento no te puedo contar nada más.

Darius prosiguió su camino y yo lo seguí a unos pasos de distancia y en silencio, pero furiosa por dentro.

El viaje era agotador. Por fortuna, a mediodía llegamos a una frondosa alameda, a unos veinte metros de la muralla de Turlock. Ya habíamos dejado atrás el portón de Bridewell y pude comprobar que varios halcones patrullaban la zona desde el cielo, muy por encima de una blanca tempestad de celulosa que el viento arrancaba a jirones de los álamos. Al detenerme para recuperar el aliento, vi una especie de sombra gris que se movía entre la hojarasca a una velocidad prodigiosa. Fuera lo que fuere, se detuvo y volvió a salir disparado.

—Ah, ahí viene. No es tan sigiloso como se cree, pero es un buen muchacho —dijo Darius.

Aquella misteriosa pelota de pelo gris desaparecía y volvía a aparecer una y otra vez, incluso cuando ya era evidente que se trataba de un simple conejillo. Corría de un escondrijo a otro tratando de llegar hasta nosotros entre los matorrales. Y le estaba costando trabajo.

—¿Serías tan amable de acabar *de una vez* con el numerito del espía y venir aquí? —dijo Darius irritado—. Llegaremos tarde por tu culpa.

Durante unos instantes no hubo el más mínimo movimiento.

—¿Eres tú, Darius? —inquirió una vocecilla dubitativa desde la espesura.

—Sí, soy yo, el gran lobo feroz que ha venido a zamparse al indefenso conejito. Así que date prisa porque cuanto más tardes, más hambre tendré.

Una cabecita gris de orejas enhiestas surgió a unos diez metros de donde estábamos.

—¡Ya voy! —gritó el conejito a pleno pulmón. Y en unos segundos lo tenía ante mis pies.

—Tampoco te pongas en plan hostil —dijo el conejo, que resultó ser el famoso Malcolm—. Ah, ya veo que has traído a la muchacha y a la hora indicada. Bien hecho.

—Bueno, tampoco es para tanto —dijo Darius, y miró

a Malcolm con una expresión de profunda tristeza—. ¿Has sabido algo de Odessa y Sherwin?

—Bueno, quita esa cara de cordero degollado; resulta patética en una fiera de tu porte. Vas a ver que todo esto termina en un abrir y cerrar de ojos. Confía en mí —dijo Malcolm—. Y ahora, ¿qué les perece si nos presentamos según el protocolo?

Darius rugió y le dijo a Malcolm mi nombre. Entonces el conejo me extendió su pata delantera. Dijo que dar la mano es una costumbre humana y que quería que me sintiera como en mi propia casa. Yo correspondí agachándome y tomando su algodonosa patita entre mis dedos índice y pulgar. Luego la agité de arriba abajo varias veces, lo cual resultó de lo más ridículo. A Malcolm le entró una risita nerviosa y ambos nos quedamos mirando a Darius, que se giró con un gesto de vergüenza ajena. A mí también me entró risa y por primera vez empecé a sentirme como una criatura más entre aquel clan de animales amigos en lugar de una simple invitada de intramuros.

Malcolm se acurrucó en el pelaje de Darius y se quedaron conversando mientras yo orinaba detrás de un árbol, lo cual dio lugar a un sesudo debate sobre cómo y cuándo aliviarse y sobre la conveniencia o no de ocultar el fruto de tal acción.

Tras varios minutos de cívica discusión, Darius habló:

—Sugiero que dejemos estas especulaciones para un momento menos apremiante, aunque debo reconocer que la tesis de Malcolm sobre las ventajas de hacerlo en árboles en lugar de rocas es muy interesante.

Malcolm me miró y yo le indiqué con un gesto que estaba lista para continuar.

—Iré directamente a ver a Yipes y le daré las nuevas de nuestra misión. Se alegrará de saber que hemos llegado tan lejos —dijo Darius con una leve reverencia—. Malcolm, ha sido un placer, como siempre. Cuida bien de la muchacha y, por favor, diles a todos que estoy bien.

Luego se marchó y me quedé sola, sin otra protección que aquella bola de pelo gris y su escaso sentido de la orientación. De pronto me sentí sola y empecé a extrañar a mi padre y a mis amigos de Bridewell. Creo que también extrañaba a Pervis, un tipo desagradable a quien, no obstante, ya me había acostumbrado.

—Veo que has crecido bastante desde que recibimos el último informe sobre tu tamaño. Las has debido de pasar canutas para atravesar el túnel —dijo Malcolm—. Tranquila, el próximo no es tan estrecho.

—¿El *próximo*? —dije.

—Sí, el próximo, naturalmente. ¿Es que no te lo dijo Darius? Esta noche tenemos una reunión importantísima en el bosque. Hay mucho de que hablar.

Caminamos hacia la muralla de Turlock; o mejor dicho, yo caminé y Malcolm brincó. Llegamos hasta la boca de un túnel rodeada de rocas. La entrada estaba ligeramente inclinada y, dada su ubicación, se diría que pasaba justo por debajo de la muralla.

—Qué túnel más raro, Malcolm —dije.

—Te parece eso porque este túnel no ha sido excavado por animales. Esta es una obra humana, y ya sabes lo que le gusta a esa gente complicarse la vida... Espero no haberte ofendido.

Malcolm estaba avergonzado, como si se arrepintiera de sus palabras y deseara poder retirarlas.

—Tranquilo.

—Esto es un acueducto subterráneo —prosiguió Malcolm—. Hay uno cada tantos kilómetros por debajo de las murallas. Al llegar la primavera, el agua del deshielo baja de las montañas y pasa por estos túneles hasta el bosque de Fenwick. En la otra vertiente, el agua fluye por los acueductos subterráneos a los Montes Negros, donde se crea una especie de humedal durante los primeros meses de la estación.

Malcolm me explicó que estos túneles estaban encofrados en piedra y que bajaban a un metro y medio por debajo de los enormes monolitos que sustentan la muralla. Me dijo que en el último tramo los túneles de una y otra carretera amurallada ascendían ligeramente hacia el bosque de Fenwick y los Montes Negros, respectivamente.

Malcolm pasó sin problemas. Yo, sin embargo, no tardé en descubrir que el dichoso túnel resultaba angustiosamente estrecho. Tuve que tumbarme panza abajo y arrastrarme precariamente a través de la áspera superficie de roca que me rodeaba de arriba abajo y que me raspaba continuamente los hombros y los codos. El túnel empezaba en una inclinada pendiente hacia abajo, luego se nivelaba un poco hasta empezar a ascender y terminar supuestamente al otro lado de la muralla. No tardamos en ver la luz del día ante nosotros. Poco después ya habíamos salido. Estábamos en una pradera.

Al fondo se veía el bosque de Fenwick.

—¿Quiénes son Odessa y Sherwin? —pregunté al tiempo que me sacudía la tierra de la cabeza.

Malcolm se quedó callado, pero luego se detuvo y me miró.

—Odessa es la esposa de Darius y Sherwin es su hijo.

Sabía que la historia no podía acabar ahí y Malcolm no tardó en darme una respuesta más elaborada.

—Una vez, Darius salió a una expedición de caza de varias semanas —dijo—. Se vio sorprendido por las obras de la muralla; la levantaron tan rápido y había tantos humanos por todas partes, que Darius se quedó encerrado en la zona montañosa. Al igual que muchos otros animales, Darius es demasiado grande para pasar por un acueducto subterráneo. Y tampoco se puede hacer otro túnel lo suficientemente profundo como para pasar por debajo de los cimientos de la muralla. Tampoco puede vadear la muralla porque ambos extremos conducen a los escarpados acantilados del mar de la Soledad. Desde entonces está encerrado entre las murallas y el océano y no ha vuelto a ver a su familia.

Reflexioné en silencio sobre las posibles consecuencias de lo que acababa de contarme Malcolm.

—¿Hay más casos como el suyo? —le pregunté.

Malcolm siguió avanzando por la senda con sus característicos saltitos, levantando a cada paso diminutas polvaredas.

—Sí, y no pocos —dijo.

Empezamos a adentrarnos en el bosque, que se hacía progresivamente más frío y oscuro. El bosque de Fenwick no tenía nada que ver con los montes en los que había estado los dos días anteriores. El terreno que rodeaba el cerro Norwood no tenía una vegetación tan cerrada y, a pesar de estar surcado por una tupida red de pequeños riachuelos, era mucho más árido. Después de avanzar veinte minutos en sentido opuesto a la muralla, nos vimos sumergidos en un bosque de abetos, pinos, chopos y álamos temblones. El suelo era una superficie mullida y llena de colores sobre la que se proyectaban las inquietas sombras de nuestro techo vegetal. Aunque ya entrada la tarde refrescara bastante, aquella tranquilidad resultaba de lo más acogedora. El rumor de las ramas mecidas por el viento se me antojaba como el susurro de un amigo que nos invitaba a seguir caminando hacia el corazón del bosque.

Empecé a pensar en la cara de aquel tipo circunspecto con la *C* marcada en la frente. No podía dejar de preguntarme cómo se las habrían arreglado para huir a los Montes Negros.

Pasado un rato, me invadió la inquietante sensación de que alguien nos vigilaba y empecé a oír, o a creer que oía, susurros por todas partes. Traté de calmarme y me dije a mí misma que debían ser cosas de mi imaginación. Cuando finalmente determiné que los sonidos eran reales, concluí que sería algún efecto sonoro del viento en las ramas de los árboles.

—Malcolm, ¿tú no oyes nada extraño? —pregunté.

Malcolm se detuvo, se alzó sobre sus patas traseras y olfateó el aire.

—Oh, ya lo creo. Con tanta expectación, se ha formado una buena muchedumbre. Eres famosa, Alexa. Todos los animales en un radio de treinta kilómetros andan ocultos entre la vegetación para verte de cerca.

Todo me resultaba cada vez más extraño.

Seguimos avanzando por el bosque otros cinco minutos hasta un punto en el que la senda se bifurcaba en dos direcciones. Malcolm y yo nos detuvimos. Uno de los senderos seguía en línea recta; el de la izquierda bajaba hacia la muralla de Lunenburg. Ambos caminos estaban cubiertos de un denso ramaje.

—Parece que hemos llegado, Alexa. Ahora tienes que seguir caminando en línea recta. Camina y no te detengas hasta que te encuentres con Ander.

—¿Qué es un Ander? —pregunté.

—¿Cómo que *qué* es un Ander? —replicó el conejo en tono socarrón—. Tú anda recto; al llegar al final del sendero todas tus preguntas hallarán su respuesta.

Obedecí sin rechistar, pues no tenía fuerzas ni humor para discutir con un conejo. Al cabo de varios minutos llegué a un calvero de unos quince metros de ancho, rodeado de rocas y troncos caídos, donde me esperaba una cantidad exagerada de animales; en la vida había visto tantos juntos. Había ardillas, conejos, pumas, osos, lobos, castores, tejones, puerco espines, zorrillos y todo un muestrario de la fauna local totalmente desconocida para mí. Por si aquel panorama no fuera lo suficientemente aterrador, los susurros se cernían sobre mí como un enjambre enfurecido.

En el centro mismo de aquella audiencia animal, destacaba un enorme y temible oso pardo. Su cabeza, grande y rotunda, reposaba como un monolito sobre sus descomunales hombros. Aquella bestia vino hacia mí balanceando la cabeza de lado a lado. El susurro se detuvo de golpe. Cuando estaba a punto de salir corriendo para ponerme a salvo, vi a Yipes sentado en una roca a mi derecha. Su presencia me serenó y dibujó una sonrisa en mi rostro cansado. Me quedé mirándolo y le leí los labios: "No pasa nada. Tú tranquila".

El oso se detuvo y me olfateó con su húmedo hocico. Lo tenía tan cerca que podía sentir su aliento acariciándome el pelo. Miré hacia abajo y vi sus enormes garras medio hundidas en el musgo. Estaba a cuatro patas, su cabeza treinta centímetros por encima de la mía. Recordé entonces, de alguna de mis lecturas, que un oso pardo es capaz de desgarrarte la piel y de romperte los huesos de un zarpazo. Me quedé como una estatua y con la respiración entrecortada.

—Muchacha, llevamos mucho, mucho tiempo esperándote —dijo el oso muy despacio con una voz profunda y lastimera.

Parecía viejo, aunque no podría decir cuánto.

—Soy Ander, el rey del bosque, y tengo muchas cosas que contarte.

»¡Traigan la comida! —ordenó, y al rato empezaron a desfilar animales con bayas, frutos secos, agua fresca y otros obsequios del bosque.

—Y ahora, Alexa, ¿qué te parece si nos sentamos y hablamos largo y tendido?

Lo seguí al centro del calvero y nos sentamos. Bebí hasta atiborrarme y saqué algo de carne seca del morral para acompañar los frutos secos y las bayas.

—Alexa, ¿puedo pedirte que dejes la carne para otro momento? Tiene un efecto extraño en los demás y a algunos les hace perder el control.

Ander se quedó mirando a los animales. Todos nos miraban atónitos y los más grandes empezaron a babear y a hacer cosas raras.

Guardé la carne y empecé a comer una pera que me supo a gloria. Ander procedió a presentarme a algunos de los animales más importantes del consejo.

Conocí a Murphy, una ardilla vivaracha que en cuanto oyó pronunciar su nombre se puso nerviosa y empezó a correr por todas partes. Ander consiguió tranquilizarla, pero cada vez que presentaban a otro animal empezaba a hacer todo tipo de piruetas. Luego estaba

133

Beaker, el mapache. Ander dijo que era un "científico nato" y que lo suyo era resolver problemas. Luego elogió el valor y la fiereza de Henry, el tejón. También me presentó a Picardy, una bella osa negra que llevaba una eternidad sin saber nada de su consorte; al parecer, cuando se levantó la muralla, él también andaba de caza en el sitio equivocado. También conocí a Boone, un ingenioso lince a quien se le ocurrían las más descabelladas ideas que, por alguna extraña razón, casi siempre funcionaban. Ander me presentó a Raymond, un zorro ágil y taimado, a Vesper, una marmota de aspecto nervioso e infeliz, y a los afables Chopper y Whip, una pareja de castores de formidables dientes.

Con la puesta de sol empezó a hacer frío. Sin que yo dijera nada, Ander hizo una pausa y llamó a Yipes, que llegó y sacó una frazada de la mochila. Me la puse sobre los hombros, me encogí y me agarré las rodillas con las manos. La noche estaba por caer, pero la luz del sol aún se filtraba por el bosque, envolviendo el calvero en una luz aterciopelada de tonos dorados y ocres. Era maravilloso.

Por último, Ander me presentó a Odessa, la esposa de Darius, y Sherwin, su hijo. Sherwin se acercó, cauteloso, con los mismos movimientos elásticos y elegantes de su padre. También había heredado su fuerza y su formidable porte, pero tenía unos rasgos más juveniles y su pelaje era de un gris más claro.

—¿Has conocido a mi padre? —preguntó.

—Sí, he conocido a Darius; es impresionante —le dije.

Sentí un arrebato de compasión por Sherwin. Me preguntaba qué habría sentido al perder a su padre de un modo tan injusto.

—¿Cuándo lo viste por última vez? —pregunté.

—No tengo ninguna memoria de él. Apenas tenía unos meses cuando la muralla nos separó, y cuando tuve edad suficiente para atravesar el acueducto subterráneo, ya no cabía. Seguramente podría haberlo atravesado cuando era más pequeño. Pensé hacerlo muchas veces, pero nunca logré superar el miedo. Ahora soy tan grande que ni siquiera me cabe la cabeza.

Sherwin hizo una pausa y miró hacia la muralla de Turlock, que aún se veía en la distancia.

—Por las noches él aúlla y yo le contesto. Soñamos con ir juntos de caza, él, mi madre y yo. A veces sus aullidos son demasiado lastimeros y últimamente también se lo oye viejo y cansado, como si las largas noches solitarias empezaran a pesarle. A veces se queda aullando durante horas y horas hasta que se le quiebra la voz. Cuando eso sucede, me acercó hasta el túnel de la muralla, pongo las patas a la entrada y me imagino que vuelvo a ser pequeño. Entonces miro la muralla y empiezo a darme cabezazos hasta que la sangre me nubla la vista.

»Somos muchos los que estamos en esta situación. Casi todos los animales más grandes han perdido a un hijo, una hija, su pareja, un amigo íntimo o, como yo, un padre. Otros recuerdan las montañas, sus torrentes salvajes y sus fértiles lindes de zarzamoras y frutales con

135

una intensa sensación de pérdida. Los animales más chicos, los que pueden y se atreven a cruzar a uno y otro lado de los túneles, han logrado sobrevivir a las murallas con relativa facilidad.

—¿Qué les hace pensar que traerme hasta aquí vaya a servirles de algo? —pregunté—. No soy más que una niña, y no tengo influencia alguna en los asuntos de Bridewell. Y, además, no hago más que meter la pata. Si no me creen, pregúntenle a cualquiera.

Sherwin bajó la mirada y se mantuvo en esa posición durante un momento. Luego me miró fijamente con el gesto devastado por la desesperanza.

—En ese caso está claro que nos hemos equivocado contigo. Sí, es cierto que tienes el tamaño, el linaje y la sangre adecuados para la misión. Lo que te falta es *fe*. Si para echar abajo la muralla es necesario volar, tu obligación es creer que puedes ascender hasta las nubes. De lo contrario, cuando llegue la hora de la verdad, descubrirás que no tienes alas.

Sin más, se dio media vuelta y se echó junto a su madre. Calló el susurro, el crepúsculo dio paso a la noche. Una orquesta de búhos, grillos y ranas nos envolvió en una armónica sinfonía de músicas nocturnas. Por el oriente surgió la luna llena que vertió un generoso caudal de luz lechosa en el calvero. Y entonces volví a sentir aquel perturbador desasosiego que, por desgracia, empezaba a resultarme familiar.

—Tienes un buen arañazo en el brazo —dijo Ander,

cuyo vozarrón espantó al instante los sentimientos de lástima en que empezaba a acomodarme—. Pido disculpas. A veces los animales domésticos pueden resultar un tanto ariscos. No es que Sam y Pepper sean malos gatos; es más, siempre que hemos intentado traerte a nosotros, nos han prestado su ayuda; eso sí, a veces pecan de un exceso de *carácter,* por decirlo de alguna manera.

»En fin, creo que tienes en tu poder una piedra, y debo pedirte que me la entregues, si no te importa, naturalmente. Por mucho que esté convencido de que eres la única persona capaz de cumplir esta misión, es posible que, al fin y al cabo, no lo seas. En todo caso, será la piedra la que nos diga, en buena medida, qué depara el futuro.

Habían pasado tantas cosas que se me había olvidado la piedra por completo. Me aferré a ella con fuerza por debajo de la frazada. ¿Y si no me la devolvían?

Solté el cordón del talego y saqué la piedra. Al pasársela a Ander, la gema despertó con su destello verdoso que iluminó el espacio comprendido entre él y yo. La multitud de animales rompió en voces de admiración: *¡Ooooh! ¡Aaaah!* Coloqué la piedra sobre una roca plana que había a mis pies y siguió emanando aquella luz líquida y verdosa, al ritmo uniforme de un tambor. *Bum, bum, bum.*

—Qué hermosa es, ¿verdad? —dijo Ander sin apartar la mirada de aquellos espasmos de luz. *Bum, bum, bum.*

—Toda esta región que abarca el bosque, las montañas y las colinas gozó durante mucho tiempo de la magia de

Elyon. Era un lugar ciertamente maravilloso. La piedra que has elegido es la que te permite comunicarte con nosotros, tal y como nosotros nos comunicamos los unos con los otros.

»En un principio hubo seis gemas como esta en la poza. Yipes encontró la primera, otra desapareció y luego llegaron los convictos y se llevaron todas las restantes, menos esta. —Señaló la piedra, que seguía dando latidos de luz verde—. Estas piedras encierran los secretos de Elyon: el lugar a dónde se ha ido y la razón por la que nos creó a nosotros y a este lugar.

Ander se quedó pensativo. Tan sólo se oía su respiración lenta y pesada. Era como si buscara algo en el silencio; algo que no podía encontrar. Al cabo de un buen rato volvió a la vida.

—Lamentablemente, ahora no tenemos tiempo para hablar de todas esas cosas —dijo—. Elyon ya está en marcha, sus designios empiezan a cumplirse y todos nosotros seremos testigos de su triunfal regreso en un futuro no muy lejano. De momento sólo te puedo decir una cosa: una persona cercana a ti fue la responsable de traer las piedras hasta aquí.

—Thomas Warvold —le dije, sin dudar ni un instante.

—Excelente aproximación. Él fue responsable de muchas cosas importantes que muchos de nosotros tendremos que valorar. Las piedras, sin embargo, no las trajo él. Fue Renny, su esposa, quien las dejó en la poza.

Ander miró al cielo como buscando algo.

—Regresa si quieres cuando todo vuelva a la normalidad y te diré lo que quieras sobre los misteriosos Warvold. Ahora debemos poner manos a la obra.

Yo seguí insistiendo. Le pregunté sobre Elyon, a quien siempre había considerado un personaje de leyenda. Ander, sin embargo, no hacía más que cambiar de tema pues, según él, aún no había llegado el momento de responder a esas preguntas. Tampoco era cuestión de enfadar a un oso pardo de media tonelada, pero lo cierto es que sus comentarios despertaron en mí una tremenda curiosidad por Thomas, Renny y, en particular, por Elyon.

—Todos los encantamientos pierden fuerza, Alexa, y ya hace tiempo que este lugar se ha debilitado. Antes podíamos comunicarnos con las aves y aunque ellas nos siguen entendiendo, nosotros a ellas no. Podemos enviarlas a realizar misiones, pero nunca podemos saber a ciencia cierta si han podido cumplirlas o no. Aunque seamos capaces de interpretar sus sonidos y sus movimientos, la verdad es que ahora hablamos lenguajes totalmente diferentes.

»Algunos animales están empezando a experimentar los mismos problemas —prosiguió Ander—. Lo normal es que nos entendamos sin dificultad, pero a veces se nos nubla la voz durante toda una mañana y no conseguimos recuperarla hasta pasadas unas horas. Desde que levantaron la muralla este proceso se ha acelerado.

Ander empujó la gema varios centímetros por encima

de la roca aplanada con su enorme garra. La luz seguía latiendo desde el centro de la piedra e iluminaba el espacio que había entre ambos.

—La gema concede dos importantes dones a los humanos —dijo mientras volvía a poner la garra en el suelo—: la capacidad de comunicarse con los animales y la posibilidad de ver un fragmento del futuro. Se trata de un efecto mágico que, como cualquier otro, depende de una serie de reglas. Por ejemplo, la capacidad para hablar con los animales solamente se da en plena naturaleza. En cuanto vuelves a la civilización, ese poder empieza a desvanecerse. El proceso es irreversible y no es posible recurrir a otra gema. En cuanto te marches de aquí, la piedra empezará a perder intensidad hasta recuperar su equilibrio interno. Los latidos de luz irán espaciándose más y más y perderán intensidad paulatinamente durante un periodo de tiempo indeterminado.

»Yipes jamás ha abandonado estos bosques ni estas montañas, por eso sigue gozando de las ventajas, si es que hay alguna, de comunicarse con los animales.

Ander y Yipes se miraron con un gesto de complicidad.

—Antes dije que una de las gemas desaparecidas no se la llevó Yipes ni los convictos. Aquella persona puso su piedra justo donde has colocado tú la tuya, y brilló como un pequeño y poderoso sol anaranjado a última hora de la tarde de un día muy caluroso. ¿Sabrías decirme quién estuvo sentado en el sitio exacto donde estás sentada ahora mismo?

Empecé a eliminar nombres de una lista improvisada, aunque supe desde un principio a quién se refería Ander.

—Warvold —le dije.

—¡Exacto! ¿Quién sino el mismísimo Sr. Warvold, el gran aventurero? ¿Quieres saber qué le contó la gema de su futuro?

Asentí con la cabeza y me incliné sobre la roca. La luz de la gema penetraba en el denso pelaje del oso con un destello acuoso.

—La gema de Warvold auguró que las fuerzas malignas de esta tierra surgirían para destruir todo lo que él había creado —dijo Ander—. Él pensó que aquellas fuerzas no podían ser sino monstruos fantásticos que, según la leyenda, merodeaban por los bosques, esperando el momento justo para asaltar su reino y matar a todos sus ciudadanos. Por desgracia, su interpretación del augurio fue totalmente equivocada.

—Cometió un error, él mismo me lo contó —le dije—. Me lo dijo aquella última noche en que me llevó a pasear mientras descansábamos junto a la muralla. Reconoció que se había equivocado.

En mi afán por unir todas las piezas empecé a decir lo primero que me pasó por la cabeza.

—Claro que el futuro no deparaba monstruos

embrujados. Lo que pasó es que él creó sus propios monstruos y los soltó en los Montes Negros para...

—Creo que te estás precipitando, Alexa. Has acertado pero sólo a medias. Concédeme el favor de contarte toda la historia tal y como sucedió —dijo Ander—. Cuando él conoció el augurio, temió por la vida de su esposa, Renny, y de todos aquellos que empezaron a emigrar a Lunenburg. El pánico hizo presa en Warvold. Intentamos convencerlo de que su interpretación de la jocasta podía haber sido errónea y le dijimos que ninguno de nosotros había visto ni oído de monstruo alguno.

—¿Has dicho jocasta? —le pregunté.

—Sí, así es como se llaman los mensajes grabados en las gemas —contestó Ander.

—¿Hasta qué punto tuvo que ver Renny Warvold con todo esto?

—Tuvo muchísimo que ver. Esa mujer tenía una inteligencia inimaginable. Ella fue quien trajo aquí las gemas encantadas. Se podría decir que fue ella la que desencadenó todo esto.

Ander arqueó la espalda y lanzó un rugido cansino.

—Los años no pasan en balde y va siendo hora de acostarse —dijo distraídamente.

—¿Por dónde iba? Ah, sí, cuando Warvold volvió a Lunenburg emprendió un plan para levantar una muralla antes de que la ciudad empezara a expandirse. Aumentó el número de centinelas e hizo el famoso trato con los gobernantes de Ainsworth. Todo fue sobre ruedas. Tanto es así, que durante los años siguientes terminó las obras de la carretera amurallada que él mismo ideó y de otras dos idénticas a aquella. Además, incorporó al reino tres villas amuralladas. Por aquel entonces conseguía terminar las obras con una rapidez increíble, gracias a los trescientos reclusos de Ainsworth y a cientos más de sus propios hombres. La última muralla en levantarse fue la que separaba el bosque de las montañas. En un principio, aquella muralla sólo tenía tres metros de altura, luego llegaron sus hombres y levantaron muchos metros más. La verdad es que tuvo su mérito. Llegaron a construir trescientos metros de muralla en una sola jornada, lo cual contribuyó a aislar rápidamente la zona de montaña. Sin duda, aquella obra fue un prodigio de rapidez y eficiencia.

»Por desgracia, Warvold cometió un gravísimo error de cálculo. Confió a los líderes de Ainsworth la custodia y transporte de los convictos una vez concluido el plazo acordado. Lo peor de todo fue que aceptó su palabra cuando le dijeron que se los habían llevado. Y lo cierto, Alexa, es que hasta la noche de su muerte, Warvold no supo que las autoridades de Ainsworth habían abandonado a los presos en los Montes Negros. Los gobernantes de la ciudad vecina creyeron que Warvold no los devolvería nunca y no hicieron planes para acogerlos de nuevo. Como no tenían dónde meterlos, los desterraron a unas cuevas de los Montes Negros, pensando que nadie sabría jamás de su paradero.

—¿A qué cuevas te refieres, Ander? Que yo sepa allí nunca ha habido cuevas —pregunté.

—Las cuevas se formaron al extraer los bloques de roca con los que se construyeron las murallas. Mi querida Alexa, has de saber que los Montes Negros están surcados de túneles gigantes. Por no hablar de los kilómetros y kilómetros de túneles de matorrales y espinos que surcan la superficie. Esos túneles exteriores y subterráneos son los que permiten a los reclusos recorrer grandes distancias sin que nadie los vea. En algún sitio tendrán que estar esos trescientos hombres, ¿no te parece?

»Esas murallas, esos kilómetros y kilómetros de murallas, están hechos de un tipo de arcilla que sólo se da bajo tierra. Los Montes Negros son una región donde la arcilla es abundante y fácil de extraer. Lo único que hay que hacer es excavar una entrada de un metro de profundidad y empezar a perforar un túnel. Todo lo que se extrae de ese túnel es arcilla en estado puro, que fue el material de construcción elegido por Warvold para hacer los bloques.

»No sería justo echarle la culpa de todo a Warvold, pero lo que está claro es que fue su miedo lo que originó el monstruo. El monstruo que creó no son el puñado de criminales que andan sueltos por los Montes Negros. El monstruo, Alexa, es la propia muralla, aunque quizá no sea ahora el momento para hablar de eso.

Por fin empezaba a verlo todo claro. Era como un rompecabezas gigante y Ander me estaba ayudando a encajar sus piezas a la luz de la luna. Sin embargo, seguía faltando una de las piezas.

—Ander, ¿qué pinto yo aquí? —pregunté.

El murmullo despertó de nuevo. Murphy empezó a hacer saltos mortales hacia atrás y piruetas imposibles. Resultaba agotador ver a la pequeña ardilla gastar tanta energía. Ander sólo tuvo que levantar la cabeza para que la arboleda volviera a quedar en completo silencio.

—Creemos que la muerte de Warvold marca el principio del fin de una era. No sabemos si ese fin será dentro de cinco días o de cinco años, pero sabemos que se avecina. Para bien o para mal, tú has sido la elegida, y no sólo por nosotros, sino por el mismísimo Warvold. Hay un último detalle que debes conocer antes de que leamos tu gema y te mandemos a dormir. Se está haciendo muy tarde.

»Alexa, todo lo que sabes debes mantenerlo en secreto hasta que llegue el momento oportuno. Hay alguien en Bridewell que no es lo que parece. Se trata de una persona a quienes los convictos llaman Sebastián. Hemos oído mencionar su nombre cuando discutían sus planes. Vive en Bridewell y se dedica a dar órdenes y a hacer todos los preparativos para que se cumpla el vaticinio de la jocasta mediante una cruenta invasión. ¿Quién es Sebastián? Estoy seguro de que si pudiéramos entender a las aves ellas nos lo dirían, pero lo cierto es que no tenemos ni la más remota idea. Hay algo, sin embargo, que está muy claro: los convictos no dejaron la última gema en la poza por error. La dejaron para su líder, y cuando descubran que alguien se la ha arrebatado, se enfurecerán aún más.

»Tenemos que desenmascarar a ese reptil de Sebastián

y hemos de hacer lo posible por evitar que los criminales invadan Bridewell. Si cortamos la cabeza de la serpiente, el resto de su cuerpo también perecerá. Los convictos no son muy listos, Alexa, pero son extremadamente vengativos. Y Sebastián es un tipo brillante. Hoy por hoy, esa es una combinación letal.

»Si los criminales toman el poder, la guerra se abatirá sobre nosotros y la muralla se convertirá en una fortaleza militar. Si las cosas se desencadenan tal y como parece, Bridewell será presa de la violencia y la muralla permanecerá, posiblemente, para siempre. Hemos de dar con el peligro real, exhibirlo ante los ojos de la gente y acabar con él, de manera que todos se convenzan de que el peligro es cosa del pasado. Esa es la única manera de destruir la muralla.

Ander parecía buscar la manera de decirme algo. Finalmente, y después de un breve titubeo, fue directamente al grano.

—No debes contarle a nadie lo que ha sucedido aquí esta noche. *Sobre todo* en lo referido a Sebastián —dijo.

—¿Acaso crees que Sebastián podría ser mi propio padre? —le pregunté.

Ander respondió en silencio con una mirada fría.

—¡Pero si mi padre no tiene ninguna *C* marcada en la frente! —exclamé.

—Eso es cierto, pero no podemos estar seguros de que Sebastián sea un convicto —prosiguió Ander—. Podría ser alguien del gobierno con oscuras motivaciones que sepa más de lo que demuestra. Quizá sea alguien en busca de poder, un hijo vengativo o un centinela manipulador y ambicioso. Podría ser un viejo que se dedica a arreglar libros o un simple cartero que se codea con gente importante. Podría ser cualquiera. Y esa es la razón por la que no puedes hablar de esto ni con tu padre ni con nadie.

»Alexa, has demostrado ser una persona discreta y capaz de trabajar por tu cuenta. Eres pequeña y puedes esconderte fácilmente. Tienes conexiones con gente importante, pero tú no eres lo suficientemente importante como para que recelen demasiado de ti. Acéptalo, Alexa, eres la candidata perfecta para esta misión.

Su razonamiento fue incontestable.

—Y ahora sólo nos queda una cosa por hacer, leer tu jocasta —dijo Ander.

—¿Y si no quisiera leerla? ¿Y si optara por no conocer mi futuro? —le dije.

—Si tomas esa decisión, yo no tendré más remedio que acatarla. Sin embargo, debo decirte que conocer tu jocasta puede ser muy favorable en los días venideros —dijo Ander.

Hubo un largo silencio. Luego miré la cara rotunda del oso pardo.

—Léela —le dije.

Yipes bajó desde una rama y se acercó hasta nosotros. Se subió a la gran piedra, sacó una lupa del bolsillo de su chaleco y la puso al lado de la gema, que seguía emanando luz con su monótono *bum, bum, bum*. Un momento después, levantó la cara y se quedó sentado, mirando a Ander. Ander hizo un gesto de aprobación y Yipes me miró fijamente.

—Tú serás quien descubra a la serpiente.

# SEGUNDA PARTE

# CAPÍTULO 15
# UN ENEMIGO INESPERADO

Yipes levantó la puerta de la trampilla hasta donde pudo. Estoy segura de que en realidad no costaba tanto y de que fingía el esfuerzo para no mirarme a los ojos. Aquella misma mañana regresaba a Bridewell y los dos estábamos muy tristes.

—Tienes visita, Alexa —dijo Yipes.

Miré por encima del hombro y allí, bajo el radiante sol del mediodía, se alzaba la silueta distante pero inconfundible del gran lobo. Levanté la mano y él se alejó hacia las montañas.

—Me tengo que ir —dije.

No quería demorar más la despedida, por lo que empecé a bajar por la escalera hacia el túnel.

—¡Un momento! —gritó Yipes—. Casi se me olvida.

Mi pequeño amigo sacó un pequeño tubo del bolsillo de su chaleco.

—No se lo enseñes a nadie hasta que descubras la identidad de *ya sabes quién*. Ah, y otra cosa.

Yipes soltó una mano de la trampilla, soportando el peso de la misma con la otra, para hacerme una señal de advertencia.

—Mucho cuidadito con quien hables de ahora en adelante. No te fíes de *nadie*.

En ese instante vi que la puerta le estaba ganando el pulso a Yipes. Bajé tres escalones a toda prisa y agaché la cabeza en el momento preciso en que la trampilla se cerró. Quedé a oscuras y llena de tierra. Se me fueron las manos de las escaleras, pero me las arreglé, no sé cómo, para agarrarme de nuevo con tres dedos. De no ser por esos escasos centímetros que gané en el último momento, la puerta me habría clavado hasta el fondo del agujero de un brutal martillazo.

En cuanto recuperé el equilibrio, me sacudí la tierra que me había caído en el pelo y los hombros. Esperé un rato a que Yipes abriera la trampilla en medio de una oscuridad densa como la brea. Y seguí esperando un poco más.

—¡Yipes! —grité.

Saqué un fósforo de madera del talego y lo encendí contra la áspera superficie de la escalera. El fuego iluminó la lámpara, que seguía colgada de un clavo en el tercer escalón, justo donde la había dejado. Por fortuna, ella también sobrevivió al portazo.

Puse el fósforo en la mecha y la lámpara me envolvió en su luz anaranjada. Al ver lo que me rodeaba, empecé a sentirme mucho mejor. Miré hacia abajo y comprobé que la lámpara sólo iluminaba unos cuantos metros; a partir de allí la oscuridad engullía hasta la última partícula de luz. Esperé y esperé, pero las manos me empezaron a doler tanto que no tuve más remedio que empezar a bajar por las escaleras. Volví a llamar a Yipes, pero fue en vano. Entonces inicié mi lento descenso hacia el túnel, colgando la lámpara cada tres peldaños.

Al llegar abajó, encontré el libro que había dejado. Estaba cubierto de tierra.

—¿A que creías que no me ibas a volver a ver? —le dije a Cabeza de Vaca—. Tienes un aspecto espléndido. ¿Qué tal tus viajes?

Vi un destello a un metro de distancia. Me incliné hacia él y lo iluminé con la lámpara. Era el tubo que me había dado Yipes. Tenía unos diez centímetros de largo y tres de diámetro y estaba cubierto de piedras preciosas incrustadas por toda su superficie. La parte superior estaba cerrada con un tapón de madera.

Tiré del tapón, que salió con un sonido de botella hueca, y extraje de su interior un rollo de pergamino con una nota firmada por Yipes que decía: *Hagas lo que hagas, no le entregues esto a la persona equivocada.* A continuación desenrollé el pergamino, en cuya superficie apareció un mapa muy parecido, si no idéntico, al que había en la habitación subterránea donde vi a los convictos. Entonces comprendí por qué Yipes pasó tanto tiempo ahí abajo: mi pequeño amigo había hecho una copia exacta del mapa.

El mapa tenía una serie de líneas negras y marrones y sobre algunas de ellas había alguna anotación. Comprendí que las líneas negras eran los túneles subterráneos y que las marrones debían de representar los pasadizos de matorral que surcaban la superficie. Habría que estudiarlo más detenidamente con la luz adecuada y donde estuviera segura de que nadie me lo pudiera arrebatar.

Volví a mirar hacia arriba con la esperanza de ver la carita de Yipes por última vez, pero sólo vi oscuridad, así que di media vuelta y empecé a caminar hacia Bridewell. Al pensar que no tardaría en ver a mi padre, a Grayson, a Ganesh, a Nicolás y a Silas apreté el paso, pero en cuanto me acordé de Pervis aminoré la marcha. La idea de dormir en mi propia cama y la esperanza de poder comunicarme con Sam y Pepper volvió a alentar mi marcha. Sabía que en el momento en que abriera la trampilla secreta de la biblioteca, mi gema empezaría a debilitarse y que yo iría perdiendo paulatinamente mi capacidad para comunicarme con los animales. Miré hacia atrás y seguí caminando triste y apesadumbrada. Se puede decir que aquel fue, cuando menos, un viaje agridulce.

Acabé llegando al último peldaño de la escalera. Puse la oreja en la puerta para comprobar si había alguna señal de vida en la biblioteca. Sentí que me había ausentado toda una vida, que llegaba de otro mundo y que mi viaje me había transformado completamente.

—¿Eres tú, Alexa? —dijo una voz felina desde el otro lado.

*Mucho cuidadito con quien hables de ahora en adelante. No te fíes de nadie.* Las palabras de Yipes resonaban en mi mente como una campanilla.

—Soy yo, Sam —insistió la vocecilla.

154

Comprender un maullido resultaba de lo más extraño, precisamente por la naturalidad con que lo hice, sin necesidad de interpretarlo.

—Pepper está vigilando a Grayson. Ven, sal. No hay nadie.

Tiré de la trampilla, apagué la lámpara y la colgué del clavo. La claridad de la biblioteca me deslumbró y, al principio, sólo pude distinguir la silueta de Sam inclinada hacia mí desde el respaldo del sillón. Sonreí y dije:

—¡Hola, Sam! ¿Cómo va todo?

—Alexa, contéstame. ¿Puedes entender lo que digo? —preguntó el gato, tapando la luz con su silueta oscura e inmóvil.

Yo seguía haciéndome la sorda, lo cual acabó por molestarlo.

—¡Por favor, Alexa, háblame! —gritó—. Sé que me puedes entender y espero noticias de Ander.

Sam saltó del respaldo y empezó a frotar su cuerpo contra mis piernas, mirándome con sus penetrantes ojos grises. Miré al animal, que no dejaba de ronronear y de caminar de un lado a otro.

—¡Vaya niña más imbécil! —dijo—. Sigue siendo la misma inútil de siempre que no sabe oír más que *miaus* todo el santo día. ¿Qué esperaba?

Me aparté de Sam y giré hacia la estantería como si estuviera buscando algún libro para ocultar mi gesto de asombro.

Muerta de nervios y sin saber qué hacer, vi una

sombra fugaz entre los estantes, acompañada de un aleteo familiar. Hasta entonces no había advertido la presencia del halcón, que había permanecido inmóvil como una piedra a la espera de información. Al girarme pude ver al ave volando hacia el radiante sol de la mañana.

—¡Vuela! Ve y cuéntale a Sebastián que Alexa ya ha llegado —dijo Sam.

Traté de recordar desesperadamente todas las cosas que pude haber dicho o hecho en presencia de Sam y Pepper. ¿Cuántas veces me habrían visto los halcones? ¿Habrán visto que me llevé la llave del cuerpo sin vida de Warvold? Me toqué el arañazo que me hizo Pepper cuando quise examinar su medallón. *Traidores, los dos son unos traidores.* No podía creerlo. ¿Y el halcón? También nos había traicionado. Tenía que transmitírselo a Ander cuanto antes.

—Ahora no hay tiempo para caricias —dije con una alegría fingida.

Luego volví a colocar el sillón en su sitio y me sacudí el polvo lo mejor que pude. Estaba visiblemente sucia, por lo que era esencial ir a mi alcoba cuanto antes sin que nadie me viera. Me dirigí a la puerta en silencio, pasando de un pasillo a otro sin más sonido que algún áspero lamento de madera pisada. Al llegar al último pasillo comprobé que la puerta del despacho de Grayson estaba abierta; la cola de Pepper asomaba inquieta desde dentro. Noté que algo me tocaba la pierna. Al advertir que se trataba de Sam, me sobresalté.

—¡Pepper! —dijo Sam a su congénere, que se dio la vuelta y asomó la cabeza—. A esta le ha comido la lengua el gato. No suelta prenda.

—¿Eres tú, Sam? —dijo Grayson desde su despacho.

Las cosas se complicaban por momentos y tan sólo habían pasado unos minutos desde mi regreso a Bridewell.

Corrí de puntillas hacia la puerta ante la mirada atenta de Sam, que me observaba tranquilo ante el despacho de Grayson.

—Sí, tú vete, duerme a pierna suelta y no tengas prisa en despertarte —dijo Sam.

Sonaron unos pasos y durante un instante me quedé paralizada.

—¿Quién va? Alexa, ¿eres tú?

Cuando se asomó Grayson, yo ya estaba a salvo al otro lado de la puerta, y un instante después me había esfumado.

Jamás me había alegrado tanto de estar en mi alcoba. Escondí la gema, el tubo de Yipes y mi rudimentario equipaje. Saqué ropa limpia y me cambié de atuendo con la parsimonia de una princesa. Al tumbarme en la cama, sentí que podría pasar un mes entero durmiendo. Empecé a pensar en todo lo que me había pasado y me deslicé lentamente hacia un túnel de sueños poblados de animales parlantes y de hombres con marcas en el rostro.

Me desperté empapada de sudor por el calor de mediodía y el desasosegante recuerdo de mi último sueño:

había un halcón en la cornisa que trataba de entrar en mi alcoba como si la vida le fuera en ello; al dejarlo pasar, el ave se me tiraba a la cabeza y me arrancaba jirones de pelo con sus monstruosas garras.

Me senté en la cama empapada en sudor y oí un sonido áspero en mi ventana. Por un momento dudé si estaba despierta o si seguía en plena pesadilla. Me levanté de la cama recelosa.

Me dolía todo el cuerpo y al ponerme en pie sentí como si me clavaran alfileres en las plantas de los pies. Al aproximarme tuve la certeza de que aquello que arañaba mi ventana era mucho más pequeño que un halcón. Lo oía corretear por fuera, de un extremo a otro de la cornisa. Sólo podía ser un animal: Murphy, la ardilla hiperactiva del calvero. Abrí las ventanas y la ardillita entró como una exhalación. Se puso a saltar de aquí a allá, a olfatearlo todo y a agitar su cola sin parar.

—A ti sí que no te esperaba —le dije.

Se metió detrás de la cama, entre el cuarto de aseo y la mesita de noche, así que tuve que dar toda la vuelta a mi alcoba hasta encontrarlo.

—Será mejor que nos apartemos de las ventanas —dijo—. Nunca se sabe quién puede estar espiándonos.

Los pies me estaban matando de dolor, así que me tumbé boca abajo con los codos apoyados en el suelo. Murphy no paraba. Empezó a entrar y a salir de debajo de la cama. Luego se me subió a la espalda de un salto, volvió a bajar y a correr a mi alrededor.

—Murphy, te ruego que te tranquilices un poco. Tengo noticias importantes.

—¿Qué clase de noticias? ¿Buenas noticias? ¿Malas noticias?

—Francamente, creo que son bastante malas —le dije.

Murphy dejó de hacer piruetas y se quedó mirándome sin poder evitar, eso sí, todo un repertorio de tics y espasmos. Dada su naturaleza, creo que le habría costado menos trabajo seguir haciendo acrobacias por toda la alcoba.

—Bueno, suéltalo, de nada sirve retrasar lo inevitable.

Me empezaron a doler los codos, así que crucé los brazos y apoyé la barbilla en las manos. Murphy estaba justo enfrente, a tan sólo unos centímetros y, sin saber muy bien por qué, empecé a susurrar.

—Sam y Pepper son unos traidores. Y por si fuera poco, es posible que algunas de las aves se hayan vuelto en nuestra contra. No me cabe la menor duda de que al menos una de ellas está al servicio de Sebastián. De momento eso es todo lo que he averiguado. Llegar hasta mi alcoba ha sido toda una aventura y llevo durmiendo casi todo el día.

Murphy se quedó asombrado. Me miraba con los ojos como platos. Desde que lo conocí nunca lo había visto tan quieto.

—Vaya, pues sí que son malas. Teníamos nuestras sospechas acerca de los halcones, pero lo de Sam y Pepper me resulta increíble.

—Pues empieza a creerlo —le dije.

159

—Ander tiene que saberlo cuanto antes —dijo Murphy—. Creo que lo mejor será que me vaya ahora mismo.

Cuando se disponía a salir por la ventana, se detuvo.

—Ah, casi se me olvida decírtelo. Me ha enviado Yipes. Quiere que sepas que siente mucho lo del portazo y que se marchó porque hizo tanto ruido que temió que alguien o algo lo pudiera haber oído. Dice que cuando regresó a la trampilla, ya te habías ido. Le alegrará saber que has salido del trance sana y salva.

Murphy saltó hacia la ventana. Me puse de rodillas y me apoyé en la cama con gran esfuerzo. Al levantar la mirada, Murphy estaba en la cornisa.

—¿Cómo va la gema?

—Aún no la he mirado, pero si tú y yo estamos hablando, no debe de estar muy mal.

—Si puedes, convendría que le echaras un vistazo de vez en cuando —dijo Murphy, que ya había empezado a corretear de un lado a otro, mirando hacia dentro y hacia fuera de la alcoba—. Será una auténtica lástima perderte. No sé, con un poco de suerte a lo mejor dura para siempre.

Murphy dio un coletazo eléctrico y desapareció sin más.

Mejor así. Me esperaba una tarde de lo más atareada.

# CAPÍTULO 16
# PERVIS VUELVE DE VACACIONES

El primer encuentro con mi gente fue en el comedor principal. Llegué un poco antes de la cena y el comedor ya estaba en plena actividad. Los sirvientes traían comida para el festín: carnes, quesos, fruta fresca y verduras, casi todo procedente de Ainsworth y servido en una impecable loza blanca. Ahí estaban todos y mi padre fue el primero en saludarme.

—¡Alexa! ¿Cómo está mi niña? No hace ni diez minutos que hemos llegado.

Me abrazó, me alzó y me susurró al oído:

—Tengo que hablar contigo, ¿nos vemos después de cenar?

Al dejarme en el suelo le hice un guiño de complicidad y me arreglé la camisa.

—Deberías ir a Turlock más a menudo —le dije—. Parece que esa ciudad te enternece.

Padre articuló al instante una réplica abrumadora:

—Lo que pasa es que estoy contento porque al fin puedo darte qué hacer; me he quedado sin camisas limpias.

161

—¡Paparruchas! Has extrañado a nuestra princesita lo mismo o más que yo —dijo Ganesh, que tiró de mí y me frotó la cabeza con los nudillos—. La próxima vez vendrás con nosotros. ¿Ha habido alguna novedad en nuestra ausencia?

Ganesh me dejó en el suelo y me miró a los ojos.

—Anduve por ahí buscando problemas pero no tuve suerte, así que me dediqué a leer un libro sobre un hombre que se perdió en la niebla.

Ganesh soltó una carcajada y miró a Grayson.

—¿Se puede saber qué clase de libros dejas entrar en tu biblioteca?

Grayson hizo un sonido gutural y siguió comiendo.

Me acerqué a las bandejas. La comida tenía una pinta estupenda. Me serví un plato de pan fresco, moras y rodajas de manzana. Grayson estaba inclinado sobre una fuente de fresas, que iba metiéndose en la boca metódicamente con un pequeño tenedor.

—Te he visto bastante poco desde que se marchó tu padre —me dijo—. Pensándolo bien, no te he visto ni mucho ni poco.

Grayson miró a su alrededor y me susurró al oído:

—Que quede entre nosotros, ¿de acuerdo?

El bibliotecario se metió otra fresa en la boca y siguió hablando con la boca llena.

—¿Has pasado por la biblioteca esta mañana? He tenido un encuentro de lo más extraño con los gatos y parece que alguien anduvo merodeando por allí; cuando fui a ver quién era, salió corriendo.

—No fui yo. Seguramente fue algún estudiante que subió a gastarte una broma o a llevarse un libro —respondí sin titubeos.

Me sorprendí a mí misma de lo bien que me salían las mentiras, lo cual no me gustaba ni un pelo. Me preguntaba si había alguna circunstancia en la que mentir fuera aceptable. Mi situación no era nada fácil. No sabía dónde buscar apoyo y, desde luego, no iba a arriesgarme a contar toda mi aventura si existía la posibilidad de que Sebastián fuera alguno de los que estaban allí presentes. Me resultaba inconcebible que mi padre, Ganesh, Grayson, Nicolás o Silas fuera el impostor. El único que faltaba era Pervis.

—¿Dónde está el Sr. Kotcher, el gran velador de la ley y el orden? —pregunté.

—Se fue a visitar a unos amigos a Lunenburg y aún no ha vuelto, pero no te hagas ilusiones, creo que regresa esta misma noche —dijo Nicolás, que estaba tan apuesto como de costumbre.

—Un momento. ¿Has dicho *amigos*? ¿Es que Pervis tiene amigos? —pregunté.

—Eso parece —dijo Nicolás en tono jocoso—. Ya sabes que dicen que todos tenemos nuestro corazoncito. Oye, Grayson, pasa la bandeja; me conformo con una sola fresa para adornar mi plato.

Grayson hizo oídos sordos y siguió llevándoselas a la boca una a una con su tenedorcito.

Qué placer volver a compartir con los míos una mesa de comida abundante y rica. Aquello me pareció un auténtico festín después de mi frugal dieta durante mi estancia en extramuros, y la verdad es que comí hasta hartarme. Mi cuerpo me lo agradeció; ya casi no me dolía nada y noté que recuperaba las fuerzas.

Silas, que estaba sentado a mi lado, se me acercó a la oreja y susurró:

—En cuanto terminemos de cenar debo hablar contigo a solas.

Hice un gesto de aprobación, pero entonces recordé mi compromiso previo.

—Primero va mi padre, pero luego soy toda tuya.

Unos minutos después, Silas volvió a insistir.

—¿Qué te parece si echamos una partidita de ajedrez durante la sobremesa?

—Lo siento, Silas —dijo mi padre—. Alexa ya se ha comprometido a dar un paseo conmigo después de comer. Más tarde quizá.

—Me encantará jugar contigo, Silas —dije yo—, pero te advierto que el ajedrez se me da bastante bien. Mi padre me enseñó a jugar cuando tenía tres años.

—En ese caso, y ahora que he vuelto de ver a mis camaradas, no te importará medirte conmigo cuando tengas un rato libre.

Era la voz viscosa de Pervis Kotcher que, como era

habitual en él, se había colado sin anunciarse. Se acercó hasta las bandejas con su caminar ridículo y arrogante, esbozando una sonrisa teatral. Estaba visiblemente borracho.

—Sí, jugaré contigo, siempre y cuando, naturalmente, estés dispuesta a *apostar* algo. El ajedrez sólo me interesa si hay algo de valor en juego. Sin la emoción de la apuesta, me resulta insoportable.

Pervis estaba sirviéndose suficiente papa y carne para satisfacer a una familia de cuatro.

—Bueno, ya está bien de hablar de ese estúpido juego —prosiguió—. Si les parece, procederé a asuntos de más importancia. Hablemos, por ejemplo, de las delicadas relaciones entre Ainsworth y Bridewell. Les diré que los ánimos andan muy exaltados por esos lugares.

Pervis se bamboleó hasta el otro extremo de la mesa, se sentó delante de mi padre y empezó a arponear la comida con su tenedor. Cuando se disponía a proseguir su discurso, Ganesh le espetó:

—Pervis, nadie te ha invitado a esta mesa. Te lo advierto...

—¿*Qué* me adviertes? ¿Que no diga nada del revuelo que se ha montado en Ainsworth porque ni tú ni el resto de los idiotas que gobiernan este lugar logran ponerse de acuerdo? ¡En Lunenburg no se habla de otra cosa! Y en Ainsworth están preparando al ejército para iniciar una invasión.

—¡Pervis! —gritó mi padre.

165

—Si les cuento a las autoridades de Ainsworth todo lo que sé, nos pasarían por encima en un abrir y cerrar de ojos, así que ya pueden empezar a tratarme con un poco de respeto.

Ganesh se levantó ante Pervis como un roble centenario ante un topo.

—Se acabó, Pervis. Acabas de cruzar un límite del cual ya nunca habrás de regresar.

Entraron seis centinelas y se distribuyeron por el comedor; dos de ellos se pusieron a ambos lados de Pervis.

—Bueno, bueno, todo el mundo tranquilo, no vaya a ser que por una tontería así llegue la sangre al río. Yo puedo ayudarles a planificar nuestra defensa... de verdad... yo...

Dos guardias lo levantaron de su asiento. Pervis resistió, lanzando patadas a diestro y siniestro y profiriendo todo tipo de obscenidades. Durante el forcejeo le dio una patada a su plato y las papas y la carne volaron por los aires y el plato se estrelló estrepitosamente contra una jarra de arcilla cuyo contenido se derramó por toda la mesa.

—Llévenlo a las mazmorras y registren su cuarto —dijo mi padre.

Esta vez Pervis se había pasado de la raya, pero había algo que no terminaba de cuadrarme. Sí, estaba claro que Pervis se había excedido, pero su comportamiento era el propio de un borracho eufórico y descontrolado. Y por muy grave que fuera aquella muestra de indisciplina, no

166

había amenazado a nadie. Quizá fuera la gota que colmó la paciencia de Ganesh y de mi padre, hartos ya de tanto desplante. Lo que estaba claro era que los animales tenían razón: la muerte de Warvold había empezado a desencadenar un cataclismo cuyo eje estaba en el mismísimo Bridewell.

Después de la desagradable escena de Pervis, me moría de ganas de salir a respirar un poco de aire fresco con mi padre. Durante el paseo tuve una extraña e incómoda sensación de vulnerabilidad. Bridewell estaba amenazado y el hombre responsable de nuestra seguridad estaba borracho y entre rejas. Si los convictos llegaban a atacar esa noche, convendría que Pervis estuviera sobrio y en su puesto, impartiendo órdenes a sus hombres. A menos, por supuesto, que él fuera Sebastián, en cuyo caso las cosas estarían marchando a la perfección.

Mi padre y yo caminamos en silencio sobre el empedrado de una de las sinuosas calles de Bridewell.

—¿A qué ha venido todo esto? —le pregunté.

—Alexa, llevamos tiempo considerando la posibilidad de encerrarlo. Desde la muerte de Warvold ha tenido un comportamiento *totalmente* intolerable. Todos pensamos, o sea, Ganesh, Nicolás y yo, que regresaría más tranquilo después de unos días de descanso, pero lo de hoy ha sido excesivo. ¿Qué es eso de llegar borracho y soltar en público toda esa sarta de barbaridades? Tendremos que encontrar la manera de arreglárnoslas sin él.

—Estoy de acuerdo en lo que dices, pero creo que

tener al jefe de la guardia entre barras compromete seriamente nuestra seguridad; sobre todo si lo que ha dicho sobre Ainsworth es cierto.

Si había alguien en el mundo a quien realmente odiara era Pervis y... sin embargo, estaba abogando por su libertad. Me sorprendió comprobar cómo las circunstancias pueden cambiar lo que piensas de una persona.

—Pervis es un agitador. No te puedo contar mucho sobre nuestras relaciones con Ainsworth. Sí, es cierto que ha habido cierta tensión y que con la muerte de Warvold ha aumentado un poco, pero tenemos la situación controlada.

Mi padre parecía muy seguro de lo que decía, pero yo disponía de una información que no invitaba al optimismo. Los problemas eran muy reales y cercanos y mucho más grandes de lo que él pudiera imaginar.

—Dime, ¿te has portado bien estos días? ¿No has andado por ahí, intentado saltar la muralla?

*No te fíes de nadie.* ¿Tampoco de mi padre? ¿Cómo no me iba a fiar de mi padre?

—He evitado los problemas, tal y como me ordenaste —le dije—, pero ahora que has vuelto será mejor que me ponga a romper cosas sin demora. Tengo una reputación que proteger.

Padre sonrió y se frotó el mentón en silencio. El exceso de preocupaciones y la falta de sueño lo tenían demacrado. Aquella fue la primera vez en mi vida que sentí lástima por él.

—Tú ten cuidado, ¿eh? Y no vayas fisgoneando por donde no debes, ¿de acuerdo?

—Haré lo que pueda.

Esa no era la respuesta que esperaba, pero la aceptó. Me sujetó las manos durante unos instantes y regresó a Renny Lodge.

Caminé hacia la plaza principal de la villa, que estaba en el centro de la ciudad. De camino vi tres halcones que me sobrevolaban en círculos a menos altura de la normal. ¿Los habría enviado Ander en misión de reconocimiento o serían espías de Sebastián? De cualquier modo, la capacidad de las aves para comunicarse con uno u otro era muy limitada, así que no le di más importancia.

Me encontré con Silas, que llevaba un rato esperándome.

—Alexa, muchas gracias por venir —dijo.

Estaba visiblemente nervioso, irritado, como si no supiera por dónde empezar.

—La cuestión es la siguiente, Alexa: ya llevo un tiempo trabajando para tu padre. Creo que él y los demás son unos líderes admirables que harán grandes cosas por nuestro pueblo. Te digo esto porque no quiero que tu padre te castigue por mi culpa. Sin embargo, creo que tengo la obligación de informarle de ciertas cosas.

Estaba *muy* intranquilo. No sabía hacia dónde mirar con tal de evitar mis ojos.

—¿Qué pasa, Silas? —le pregunté.

Me miró con sus nobles ojos pardos y con el ceño

fruncido, esforzándose por encontrar las palabras ade-
cuadas.

—Ayer por la mañana vi a tu madre mientras repartía
el correo en Lathbury. Me dio una carta para ti. Como
sabía que te haría mucha ilusión recibir una carta suya,
quise entregártela nada más regresar. El caso es que te
busqué por todas partes y hasta le pregunté a Grayson,
pero no me hizo mucho caso. Me dijo que seguramente
andarías fisgoneando por Renny Lodge. Así que empecé
a buscarte por todas las habitaciones, te llamé a gritos por
los pasillos. Después salí afuera y creo que no dejé ni una
callejuela por recorrer. No estabas por ninguna parte. En
cuanto llegara tu padre estaba dispuesto a decirle que
habías desaparecido. Por fortuna, esta mañana te vi en tu
alcoba dormida como un lirón.

Silas se quedó mirándome y se sentó en un banco.

—Comprenderás mi curiosidad por saber dónde estabas.

Silas era un hombre amable y le tenía mucho aprecio.
Era un hombre sencillo y con eso no quiero decir, ni
mucho menos, que fuera tonto. Silas quería respuestas
fáciles a los problemas de la vida y detestaba cualquier
tipo de confrontación. Esas fueron las conclusiones que
fui sacando desde que lo conocí, y pensé que aceptaría
una respuesta divertida.

—¡Soy Alexa, espía oficial de Bridewell, y mis desti-
nos son secreto de Estado! —declamé con una entonación
exagerada, pero él ni siquiera sonrió. Me miró muy

170

serio y empecé a sospechar de sus motivos. Hice otra in-
tentona.

—Puede que te cueste comprenderlo, pero Grayson y
yo hemos llegado a un acuerdo: cuando mi padre sale de
viaje y me quedo sola en Bridewell, él hace como si me
cuidara y yo me paso el día entero jugando a los espías.
No es más que un juego, ¿entiendes? Al oírte pensé que
Grayson te estaba usando de cebo para sacarme de mi
escondrijo. No habría sido la primera vez que usara esa
táctica. Esta vez, sin embargo, no ha sido así. Te ruego
que me disculpes si te he preocupado.

Silas se tranquilizó al instante.

—De acuerdo, Alexa, pero si vuelves a oír que te
llamo no creas que estoy jugando.

—Trato hecho, Silas. De verdad que lo siento
—le dije.

Si había algo que no podía soportar era decir mentiras, y creo que el énfasis de la disculpa era más para mí
que para él. Sabía que llegaría el día en que todas mis
mentiras saldrían a la superficie y cada nueva falsedad
que decía me sentaba un poco peor.

Hablamos un poco más y nos despedimos.

—Ah, se me olvidaba —dijo, metiendo la mano en el
bolsillo de su pantalón—. Esta es la carta de tu madre.

Silas me la extendió y salió caminando a paso ligero,
como si le hubieran quitado el peso del mundo entero de
los hombros.

Yo me quedé donde estaba, acariciando la carta de mi

madre. Medité sobre todo lo que había pasado y llegué a la conclusión de que el encarcelamiento de Pervis había sido demasiado repentino. Y quizá injusto. Me sorprendió tener estos pensamientos y también la decisión que tomé a continuación.

Tenía que ir a verlo.

# CAPÍTULO 17

# LA PARTIDA DE AJEDREZ

Era previsible que la carta de mi madre me afectara y como no era el momento más adecuado para zozobras emocionales, me la metí en el bolsillo de atrás. Me fui hacia Renny Lodge decidida a ver a Pervis, pero sin saber qué esperar de esa reunión. Pasé por una de las aulas y tomé un tablero de ajedrez y una bolsa de cuero con las piezas.

Las mazmorras estaban en una zona oscura e inhóspita de Renny Lodge. La única ventaja era que el sótano era un sitio fresco. Después de pasar todo el día respirando el aire polvoriento y árido de Bridewell, ese frescor era una bendición. El olor me recordaba el aroma a tierra húmeda de los túneles que, a su vez, me recordaron a Yipes, Darius y todos los demás.

Bajé las escaleras, doblé la esquina y me detuve a estudiar el panorama. Había dos guardias, uno de pie que vigilaba la puerta de la mazmorra y otro que hacía informes o algo por el estilo sentado ante un escritorio. No conocía al que estaba de pie, pero al del escritorio sí.

—Hola, Sr. Martin. Hacía tiempo que no venía por aquí abajo. ¿Cómo está nuestro invitado? —le dije.

—Alexa, ¿qué haces aquí? Este no es lugar para venir a explorar, sobre todo teniendo en cuenta el rango del inquilino —dijo el Sr. Martin.

El otro guardia seguía como una estatua y sin decir ni pío.

—¿Ya se le ha pasado la borrachera? —pregunté.

El guardia de la puerta hizo una mueca socarrona y dejó escapar una risita.

—Digamos que lleva un buen rato asomado a la cubeta —dijo el guardia.

—¿Puedo pasar a verlo? Le gusta mucho el ajedrez y pensé que una partidita ayudaría a subirle el ánimo.

—¿Y se puede saber por qué te preocupa tanto el Sr. Kotcher? Todo el mundo sabe que ustedes dos se odian —dijo el Sr. Martin.

—Ya sé que no es más que un bruto, pero...

—Espera un momento, niña —dijo el Sr. Martin, poniéndose en pie bruscamente—. Te recuerdo que nosotros estamos a su servicio, de manera que puedes imaginarte cómo nos hace sentir todo este asunto. Muchos creen que es un tipo difícil de tratar, pero también tiene sus cosas buenas, como su amor incondicional por Bridewell y por todo lo que representa. Si perdemos al Sr. Kotcher perderemos seguridad, sobre todo si decide marcharse y calentar los ánimos en Ainsworth. Recuérdalo bien cuando tu padre decida desterrarlo.

—Lo lamento mucho, Sr. Martin, prometo medir mejor mis palabras en el futuro.

—Cada día que pasa hablas más como un político —dijo el Sr. Martin.

—Entonces, ¿puedo verlo? Prometo no hacer ninguna tontería —dije.

El Sr. Martin hizo un gesto de resignación.

—Bueno, *de acuerdo*. Pero pórtate bien. Si has venido aquí para hacerlo sufrir todavía más, no dudaré en decírselo a tu padre.

—Sí, señor.

—Échate a un lado, Raymond. Déjala pasar.

El guardia abrió la puerta y dejó entrar una corriente de aire frío que llevaba consigo un ligero aroma a vómito. Por un momento pensé que me iba a ahogar. El guardia me invitó a pasar y cerró la mazmorra de un portazo.

La mazmorra constaba de cuatro celdas enrejadas, dos delante y dos detrás. Cada una tenía un rudimentario banco sobre un suelo de tierra prensada y tres paredes de fría piedra. Las dos celdas traseras tenían unos ventanucos en lo alto de una de las paredes que dejaban entrar una luz mortecina. Eran unos ventanucos pequeños, tragaluces más bien, con un enrejado metálico.

Desde una de las celdas del fondo llegaba un triste lamento. Me dirigí hacia allí muy lentamente con mi tablero, mis piezas y un taburete de tres patas que encontré en la entrada. Tres de las celdas estaban vacías; en la cuarta, al fondo y a la derecha, estaba Pervis Kotcher. Tenía un aspecto lamentable.

Al principio no me vio. Se mecía para adelante y para

atrás en el borde de un catre de cara a la pared trasera. Miraba hacia una cubeta que debía de contener un potaje de una repugnancia indecible. Dejé caer el taburete en el piso, cerca de los barrotes de su celda, y empecé a colocar las piezas en el tablero.

El eco del taburete contra el suelo de piedra tuvo un efecto curioso en Pervis. Debía de tener el cuello agarrotado, de modo que al oír el sonido giró de golpe o, mejor dicho, lo intentó, y a juzgar por sus movimientos, la sensación provocada por aquel reflejo repentino fue como un martillazo en el cráneo. Se tiró al suelo, agarrándose la cabeza y mascullando no sé qué de "niña de pocas luces" y después se arrodilló, metió la cabeza en la cubeta y empezó a hacer un ruido nauseabundo. Como se movió tan rápidamente, la sangre se le debió de ir a la cabeza porque en cuanto dejó de echar bilis, pareció desvanecerse y se quedó boca arriba mascullando cosas ininteligibles.

—Hola, Pervis, ¿cómo va todo? —dije, sin ninguna intención de resultar sarcástica, pero en el momento de decirlo, supe que el efecto de mis palabras fue ese.

Siguió gimiendo un poco más. Luego giró hacia mí y abrió los ojos.

—No sé qué se te puede ofrecer, pero te ruego que me lo pidas en otro momento. Hoy no tengo paciencia para niñas como tú.

—He venido porque he pensado que a lo mejor te apetecía algo de compañía. He traído un tablero de ajedrez. ¿Una partidita? —pregunté con un tono de entusiasmo que, sin duda, lo irritó más.

Nada más abrir la boca empezó a insultarme, pero luego se quedó meditando mi propuesta. Cerró los ojos, se levantó lentamente sobre un codo e hizo una mueca de dolor. Agarró la cubeta con la mano derecha y la arrastró hacia sí, haciendo sonar su putrefacto y grumoso contenido. Escupió en su interior y se arrastró por el suelo hasta la cama. Primero empujaba la cubeta y luego se arrastraba hacia delante como un reptil. Fue cubriendo el trayecto centímetro a centímetro mientras yo colocaba las piezas en el tablero. Llegó al fin hasta los barrotes, se sentó, vomitó un poco más y me preguntó con toda la serenidad del mundo:

—¿Qué nos jugamos?

Desde mi taburete resultaba casi imposible no mirar al interior del cubo, así que retrocedí un poco y crucé las piernas. Para tener doce años, era una ajedrecista prodigiosa. Tenía un don natural para ese juego y estaba convencida de que lograría despachar a Pervis sin despeinarme. Desde luego, no sería mi primera victoria contra un adulto.

—Qué casualidad, estaba pensando lo mismo —le dije—. Si gano, tendrás que responder, bajo palabra de honor, a las cinco preguntas que te formule. Si tú ganas, yo haré lo mismo por ti.

Pervis me miró y me dijo con esfuerzo:

177

—¿Qué puedes saber tú que me pueda interesar?

Lo miré fijamente a los ojos durante unos segundos.

—Muchas cosas —le dije.

Pareció creerme. Al menos así fue como interpreté aquella sonrisa socarrona tan suya. Empezó a tener mejor aspecto, aunque a lo mejor lo fingió para ponerme nerviosa.

—De acuerdo, entonces hay partida. Responderás a cinco preguntas mías bajo palabra de honor —dijo.

—Trato hecho.

No tenía muchas razones para fiarme de Pervis, francamente ninguna. Era un oportunista, un líder cínico y manipulador y un borracho inmundo. Sin embargo, la gente de Bridewell Common, tanto la buena como la mala, tenía fama de ser gente de palabra. Precisamente por eso, y por mucho que mis mentiras tuvieran un fin noble, se me encogía el estómago cada vez que no decía la verdad. Creía que, de poder hacerle esas cinco preguntas, Pervis me diría la verdad. Por aquellos lugares, la mentira era simplemente inconcebible. Y en todo caso, estaba dispuesta a asumir ese riesgo.

—Salen las blancas, o sea tú —le dije.

Pervis hizo una apertura típica de novato, sacando el peón a g4. El panorama se veía mejor aún de lo que me esperaba.

Yo jugué peón a b6 para tantear sus intenciones ofensivas. El tablero tenía esta configuración, yo con negras y Pervis con blancas:

178

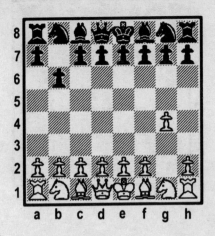

Empleé una de mis tácticas habituales, que era distraer a mi oponente con comentarios o preguntas improcedentes.

—Nunca te había visto borracho. ¿A qué viene esa caída en picada?

—Lo siento, no se darán respuestas sinceras ni se permitirá hablar hasta que me hayas ganado —dijo Pervis.

Muy bien, mi rival estaba concentrado y no pareció dispuesto a dejarse llevar por mis pequeñas artimañas. Perfecto, en ese caso terminaré con él mucho antes.

Las tres siguientes jugadas me pusieron en una situación ventajosa para empezar a capturar piezas contrarias con mi alfil blanco y mi caballo rey; ya había empezado a comprender su inocente estrategia. El tablero estaba así:

Pervis parecía no tener el más mínimo plan de ataque. Se limitaba a responder a mis jugadas, esperando a que yo definiera mi línea ofensiva (algo que nunca hacía en las primeras jugadas de una partida). Por desgracia para Pervis, esta estrategia le había dejado el rey totalmente vulnerable desde el centro. Llevábamos cinco jugadas cada uno. Mi plan era acabar con él en menos de veinte.

A continuación se produjo el siguiente intercambio de piezas. Pervis capturó mi peón en d5, yo capturé el suyo adelantando mi peón a d5 y luego él capturó mi segundo peón con su caballo desde c3. Dos jugadas después, Pervis adelantó su dama a e2, justo delante de su rey. Aquella jugada me pilló por sorpresa. Evidentemente trataba de inmovilizar mis piezas aprovechando su posición con respecto al rey. Algo aturdida, moví mi caballo a e7.

Pervis respondió avanzando su caballo a f6. El tablero quedó así:

—Jaque mate —dijo Pervis, y escupió un enorme gargajo en la cubeta.

—Me has engañado. Te has hecho el tonto y me he tragado el anzuelo.

No podía creer lo que acababa de suceder. Nadie me había derrotado en nueve jugadas desde que tenía siete años.

—Juguemos otra a doble o nada. ¡Diez preguntas! —le dije.

—No, gracias. Me conformo con lo que tengo y, si no te importa, me lo cobraré ahora mismo. Volvió al catre arrastrando consigo la asquerosa cubeta de esputos y, tras un monumental esfuerzo, se subió al catre y apoyó la cabeza en una almohada mugrienta que debía de llevar en ese agujero desde que se construyó Renny Lodge.

—La apertura Grob nunca falla ante rivales confiados —dijo Pervis con tono de satisfacción.

—¿Qué apertura es esa? ¿No me habrás hecho alguna trampa? —le dije.

—¡Qué va! La Grob era la opción más sencilla, mucho más que cualquier trampa —respondió Pervis mientras levantaba el torso y se apoyaba en un codo, como si ya se le hubiera pasado lo peor de la resaca.

—La apertura Grob —prosiguió— no es elegante ni ortodoxa. Empieza con un peón en g4. Casi ningún jugador se plantearía hacer una jugada tan deleznable en una partida seria. Desequilibra la estructura de peones en el flanco del rey porque abre una vía de ataque. Y sin embargo, como has podido comprobar, ofrece abundantes opciones ofensivas sobre líneas de apertura poco comunes. Empecé a utilizar esta apertura para ejercitar mis destrezas tácticas, hasta que descubrí que muchos de mis oponentes más fuertes de Lunenburg picaban el anzuelo una y otra vez.

Evidentemente, había calibrado muy mal el talento ajedrecístico de Pervis.

—La Grob —explicó— es una excelente arma para atacar por sorpresa a jugadores de mucho nivel que conocen y esperan las aperturas más comunes. Una vez, le jugué la Grob a un contrincante de clase A en el club de ajedrez de Lunenburg. Le gané la partida en varias jugadas. El pobre se obsesionó y me pidió que le jugara esa apertura de nuevo. Le volví a ganar esa partida y cinco más. La Grob ganó una y otra vez ante el horror de mi oponente.

Pervis se sentó en la cama. Estaba claro que su victoria le había dado ánimos. Y por extraño que parezca, empecé a sentir cierto respeto por él. Demostró ser inteligente y diestro en un juego que requiere gran astucia y habilidad.

—La primera pregunta tiene que ser, digamos, iluminadora, algo que defina el resto de nuestra conversación. ¿No te parece? —dijo.

Pervis se frotó la barba de su mentón, escupió en la cubeta que tenía entre los pies y me miró con una sonrisa socarrona.

—¿Has besado alguna vez a un muchacho?

Lo miré con una falta de respeto absoluta.

—Tengo doce años, Pervis. *Por supuesto* que he besado a algún muchacho.

Se lo dije con un aire de indignación a pesar de que no era cierto.

—Como te comentaba antes —dijo Pervis un poco sonrojado—, no sé qué puedes saber que me interese o que ya no sepa.

Se pasó las manos por su pelo grasiento y se frotó la nuca. Luego me miró.

—Muy bien, ya tengo una —me dijo.

Me preparé para oír la primera tontería que se le pasara por la cabeza. Supuse que me preguntaría si alguna vez me había comido los mocos, si me había chupado el dedo gordo del pie o si me había olido los sobacos, aunque no sabía si me atrevería a reconocerlo.

—La noche en que murió Warvold te quedaste mucho tiempo con él. Dime qué pasó realmente aquella noche y recuerda que has dado tu palabra de honor.

Consideré muy seriamente la posibilidad de mentir, pero algo me detuvo y no fue el hecho de haber dado mi palabra. No, lo que me motivó a decir la verdad fue algo muy distinto. Quizá fue pura desesperación al ver que mi mundo empezaba a tambalearse.

—Murió —le dije—. Cuando me di cuenta de que estaba muerto, ya había pasado un rato. Me afectó mucho quedarme sola en la oscuridad de la noche con un cadáver, pero logré serenarme. Desde que supe que estaba muerto hasta que me dirigí a Renny Lodge no pasó mucho tiempo, pero sí lo suficiente para abrir su relicario y llevarme la llave plateada que había en su interior.

—¡Lo sabía! ¡Sabía que mentiste!

—No mentí, simplemente omití algunas cosas. Mira, Pervis, si te digo esto es porque necesito tu ayuda, porque tengo que fiarme de alguien y porque a pesar de todo no creo que seas la persona que ando buscando —respondí.

—¿De qué me estás hablando? ¿A quién andas buscando? ¿Qué significa todo eso?

—¿Es tu tercera pregunta? —le dije.

Pervis se mordió el labio y se quedó pensando.

—Sí, esta también cuenta —dijo.

—Pues bien, estoy buscando a un hombre llamado Sebastián.

—¿Quién es Sebastián? —Pervis estaba totalmente

184

desorientado. Una de dos, o era un actor extraordinario incluso después de una noche de borrachera o, a juzgar por su aparente ignorancia, estaba empezando a convertirse en alguien en quien podía confiar.

—¿Y qué me dices de esa? ¿También cuenta esa pregunta?

—No, no, un momento, esa no cuenta.

Pervis titubeó unos instantes y dijo algo mareado:

—Bueno, está bien, sí cuenta.

—Sospecho que Sebastián es un convicto que se fugó y se está haciendo pasar por un ciudadano de Bridewell —le dije sin pensarlo dos veces.

Pervis se quedó meditando mis palabras y dijo:

—¿Acaso has creído que esto es un juego? ¿Es que no tienes nada mejor que hacer que bajar aquí a atormentarme?

—Esta será tu quinta y última pregunta. ¿La contamos?

—¡No! ¡Y deja de hacer eso! —dijo.

Estaba enfurecido y a punto de perder totalmente el control. Menos mal que estaban los barrotes de por medio, de lo contrario no sé qué me habría llegado a hacer.

—¿Todo en orden por ahí? —dijo el guardia de la puerta, que había asomado su cabezota por la puerta abierta.

—Sí, señor, todo en orden. Pervis se ha enojado porque ha vuelto a perder. ¿Nos concedería unos minutos más?

—Bueno, pero date prisa. Tenemos que trasladarlo y

limpiar su celda —dijo el guardia con un gesto amargo mientras cerraba la puerta.

Pervis estaba dándole vueltas a todo lo que le había dicho. No sabía si era verdad o si quería volverlo loco. Creo que la resaca no lo dejaba pensar bien porque estuvo un rato largo cavilando y no parecía llegar a una conclusión. Al fin, empujó la cubeta con el pie y me miró a los ojos.

—Si lo que me estás diciendo es cierto, quiero que me escuches con atención. Puede que no te caiga bien y, para serte sincero, yo tampoco he tenido nunca muy buen concepto de ti que digamos. Eres menuda, lista y energética, igualita que yo a tu edad.

Pervis hizo una pausa, se agarró el estómago y echó una feroz vomitona.

—¿Te gustaría saber a qué se expone un niño pequeño y vivaracho sin dinero, sin futuro y sin contactos importantes?

Pervis se secó la boca con la manga y prosiguió:

—Pues no dejan de darle palizas. Primero le pega su padre borracho, luego, por las calles, los niños más grandes. Y llega un momento en que es la propia vida la que apalea al muchachito. Al cabo de un tiempo, se convierte en una persona resentida, amargada y dispuesta a hacer lo que sea con tal de que lo respeten. ¿Y a quién crees que odiará ese niño cuando crezca? Pues a lo que tanto le recuerda lo que él era; a esa niña que se le parece en todo menos en su patrimonio, sus padres influyentes y sus infinitas oportunidades. Y todo eso servidito en bandeja de plata. Ha sido demasiado para mí.

Pervis se incorporó, caminó hacia mí y se apoyó en los barrotes.

—Cuando tú no estás, este es un lugar de lo más tranquilo, Alexa. Cada verano me lo pones un poco más difícil y yo termino un poco más enojado. Quizá me haya negado a ver nada bueno en ti. Lo cierto es que no he tenido ni un sólo día de vacaciones en veinte años y ha pasado más tiempo aun desde el último día que me emborraché. Me volvía loco sólo de pensar que tenía que volver a soportarte otras tres semanas.

Soltó los barrotes. Durante unos angustiosos instantes pensé que se iba a desmayar, pero cuando estaba a punto de desplomarse, se enderezó.

Pervis siguió hablando al límite de sus fuerzas.

—Si todo lo que dices es cierto, debes comprender una cosa, Alexa. Nadie es capaz de proteger este lugar como yo. He dedicado toda mi vida a ello y te aseguro que yo soy el hombre que buscas. Si no me has mentido y te interesa mi propuesta, mi última pregunta será la siguiente: ¿Puedes sacarme de aquí?.

—No lo sé —le dije, y luego le conté todo lo que sabía.

# CAPÍTULO 18
# UNA ESCAPADA NOCTURNA A LA BIBLIOTECA

Salí de las mazmorras, subí a mi alcoba y me asomé por la ventana. Mientras hablaba con Pervis cayó la noche en Bridewell y la luna empezaba a asomar por detrás de la muralla. Saqué mi jocasta del talego de cuero. Latía como un diminuto corazón de esmeralda y parecía hacerlo al mismo ritmo que la última vez que la observé. Me preguntaba si sus efectos desaparecerían más rápido si no hablaba con los animales. ¿Habría algún otro animal por aquí además de esos felinos traicioneros?

—Creo que has hecho bien fiándote de Pervis —dijo una voz desde el alféizar.

—¡Murphy! —grité.

—Sí, señorita, aquí estoy con noticias frescas del bosque —dijo la ardilla, que saltó al suelo y trepó hasta mi regazo, moviéndose como una pompa de jabón en un día de viento.

—¿Cómo sabes lo de Pervis? —le dije.

—Lo he visto todo a través del tragaluz de su celda. Creo que mereces un premio por haberte quedado allí abajo tanto tiempo. El tufo que salía de ese agujero me obligó a salir a tomar aire más de una vez.

—Murphy, parece que te has convertido en mi ángel de la guarda.

—Agradéceselo a Yipes. Es él quien se pasa el día enviándome a ver cómo estás. No hace más que pensar en ti.

—¿Y él, cómo está?

—Muy bien, y mucho más cerca de ti de lo que te puedas imaginar. Anda oculto entre las sombras de la muralla. Hemos formado una cadena para transmitirle información a Ander; yo soy el primer eslabón, luego va Yipes seguido de Darius, Malcolm y otras criaturas del bosque. Ander y los animales del consejo nos pasan los mensajes del mismo modo hasta llegar a Yipes, a mí y, finalmente, a ti, querida amiga.

Murphy movía la cola de un lado a otro. Corrió hacia la puerta y puso el oído para comprobar que no hubiera nadie, volvió como una exhalación al alféizar y se deslizó hasta el baño que separaba mi alcoba de la de mi padre. Unos instantes después estaba de nuevo en mi regazo.

—Traigo información de Ander —dijo—. Le sorprendió lo de Sam y Pepper, pero dijo que este tipo de comportamiento no es del todo infrecuente entre los animales domésticos. Al fin y al cabo, dependen de ustedes los humanos para procurarse comida y agua. En cuanto a los halcones, Ander está casi seguro de que el que tú viste es un caso aislado y que el resto de las aves están de nuestro bando. Me ha pedido que te pregunte si conoces a alguien en Bridewell que pudiera tener un ave rapaz de mascota.

Hice un repaso de todas las personas que conocía en Bridewell pero no me se ocurría ninguna que pudiera tener un halcón domesticado. Aparte de Yipes, no conocía a nadie que tuviera ese tipo de mascotas.

—Lo siento, Murphy, pero no sé de nadie que tenga un halcón ni nada parecido. ¿Qué más te dijo Ander?

—Tan sólo una cosa: "El tiempo se agota, así que espabílate". Son sus palabras, no las mías. Yo creo que de momento estás haciendo un trabajo espléndido. Aunque he de admitir que no hemos progresado mucho, ¿no crees?

—Tengo una idea para que las cosas vayan marchando, pero necesitaré tu ayuda —le dije.

Estuve unos minutos explicándole mi plan detalladamente. Luego fuimos a la biblioteca. Años atrás se puso una pequeña gatera en la pared a la izquierda de las puertas de doble hoja de la biblioteca. Aquella gatera, con su trampilla articulada, era demasiado pequeña para las personas, pero para el tamaño de Murphy era como un inmenso portón.

Aún eran las diez y quedaba gente deambulando por Renny Lodge. En el salón de fumar estaba el grupillo habitual de contertulios vespertinos y en la cocina se oía a los cocineros preparándolo todo para el desayuno de la mañana siguiente. Murphy y yo bajamos las escaleras y nos dirigimos hacia la puerta de doble hoja de la biblioteca. Venía pegado a mí y muy atento a todo. Sus pasos

190

sonaban como golpecitos en la arena. El único ruido perceptible fue algún crujido aislado de la madera, que cedía a mi peso descomunal, en comparación con el del pequeño Murphy.

—Esta es la gatera —susurré—. Recuerda, nada de ruidos. Abre el pestillo muy despacio o dará un golpe cuando se abra.

Murphy se acercó sigilosamente a la gatera sin decir nada. Empujó la portezuela de madera con sus patitas. La puerta se abrió limpiamente sin rozar los marcos y las bisagras funcionaron con una discreción absoluta. Asomó la cabeza por la gatera y se coló hacia el interior, sujetando la puerta con la cola para evitar que hiciera ruido al cerrarse. Desapareció y trepó al pomo interior de la puerta principal con un sigilo admirable. Descorrió el pestillo lentamente hasta abrirlo con un sonido de cáscara de cacahuate machacada.

Le había dicho a Murphy que no saltara al suelo porque el golpe de la caída, por leve que fuera, podría despertar a los gatos. Sus instrucciones eran esperar en el pomo, al otro lado de la puerta. Empecé a girarlo hasta escuchar las tripas metálicas de su mecanismo interno. No veía a Murphy; pero me lo imaginaba al otro lado de la puerta moviendo sus patitas sobre el pomo, como un payaso de circo que hace equilibrio sobre una pelota gigante para no caerse.

La puerta se abrió y extendí la mano hacia Murphy. Hundí las manos en su denso pelaje y me estremecí al

191

sentir sus costillas al tacto. Era mucho más flaco de lo que me había imaginado y, por supuesto, no se podría defender en una pelea contra Sam o Pepper o, mucho menos, contra ambos. Lo dejé en el suelo y cerré la puerta con muchísimo cuidado.

La biblioteca estaba en el tercer nivel y el suelo era de madera. Sabía que me iba a ser imposible caminar sin que el crujido de las tablas alertara a los gatos, así que tendría que ser Murphy quien fuera de caza. Era lo suficientemente liviano como para atravesar los pasillos en silencio y regresar con nuestro botín. Mi trabajo consistía en esperar pacientemente a que Murphy diera con Pepper, que debía estar dormido, y le cortara el medallón que colgaba de su cuello. Aquello iba a ser toda una proeza. El medallón estaba unido al grueso collar de cuero con una arandela de oro macizo. La única forma de conseguirlo era cortar la correa de cuero, desenhebrar la arandela y correr hacia la gatera con la arandela y el medallón entre los dientes y dos gatos furiosos en los talones. Tendría que ser una operación rápida: *cortar, agarrar, correr*. No había otra manera.

Le indiqué a Murphy que había llegado el momento. La ardilla asintió con la cabeza y caminó hacia el despacho de Grayson. La biblioteca estaba más oscura de lo que había anticipado. Al instante perdí a Murphy entre las sombras. Los segundos me parecieron minutos. Murphy llegó finalmente con noticias.

Me lo puse a la altura de la oreja.

—Están acurrucados uno encima del otro en el sillón —susurró—. No he visto ningún halcón en la ventana. Lo malo es que con tan poca luz es casi imposible saber cuál es cuál. Pepper es un poco más oscuro, pero por lo demás son prácticamente iguales.

—No sé de ninguna otra marca que los diferencie —le dije—. Si no estás seguro, corta el que te venga más a mano y sal de ahí volando.

Dejé a Murphy en el piso y me saqué del bolsillo el instrumento que había diseñado para esta misión. Era un pequeño bloque de madera. Lo que hice, no sin esfuerzo, fue quitar la hoja más pequeña de mi navaja. Luego hice una hendidura en el bloque de madera e incrusté en ella la parte roma de la hoja de acero. Le di a Murphy aquel bisturí improvisado. La ardilla se colocó el extremo de madera en la boca. Después pasé la manga de mi blusa por la hoja y, con un movimiento de su cabeza hacia arriba, le hizo un corte limpio.

—Aunque no puedas cortar la correa, no sueltes la cuchilla. Esa será tu única defensa contra ellos —le susurré.

Murphy se dio media vuelta y desapareció entre las sombras de la biblioteca. No tardé ni un instante en lamentar mi decisión.

Pasaron varios minutos. Se oían voces en la distancia, llegaban ecos de carcajadas, trastes y sartenes. Se oía el agua corriendo. Y entonces, se oyó un maullido de una ferocidad indescriptible. La posibilidad de que hubieran cazado a Murphy me horrorizaba y temí que hubiera empezado a perder la capacidad para hablar con los animales. Sin pensarlo dos veces me llevé las manos al talego que llevaba colgando del cuello y lo agarré con fuerza.

Y entonces volví a escuchar voces.

—¡Detenlo! ¡Tiene el medallón! ¡Mátalo!

Había llegado el momento de actuar. Abrí la puerta y salí al pasillo. Cerré bien la puerta y levanté la trampilla de la gatera hacia fuera. En ningún momento dejé de oír la algarabía de maullidos, palabras y zarpazos. Me puse a cuatro patas y bajé la cabeza hasta el suelo para mirar por la pequeña abertura. Seguía sin ver ni rastro de Murphy.

El ruido se sentía cada vez más cerca:

—*¡Miiiaaaauuu!* ¡Que no escape!

Un instante después tuve que esquivar a Murphy, que salió disparado por la gatera como un escopetazo de terciopelo gris. Llevaba la arandela de oro en los dientes y de ella pendía el medallón. En cuanto me cercioré de que era realmente él, cerré la gatera de un portazo y me senté delante de la trampilla. Murphy quiso parar pero siguió deslizándose por el suelo encerado hasta chocar con la pared de enfrente. La arandela de oro y el medallón salieron por los aires y cayeron entre él y yo, haciendo un ruido metálico. El gato más adelantado se estrelló contra la trampilla, que aún mantenía cerrada con el peso de mi cuerpo. El segundo se precipitó contra el primero. Era Sam, que gritó desde dentro, "¡Apártate de la puerta!

¿Quién eres? ¡Devuélveme el medallón!", y toda una retahíla de insultos y comentarios desagradables.

Murphy seguía sin moverse y se oían pasos que subían por las escaleras.

—¡Ay, no! —susurré—. ¡Murphy! ¡Murphy, arriba!

Empujé la trampilla de la gatera con una mano; con la otra me llevé la navaja a la boca y saqué la hoja más grande con los dientes. Los gatos seguían dando zarpazos y empujones. Empujé la trampilla hacia dentro con todas mis fuerzas, lanzando a los dos felinos por los aires. Luego, clavé la navaja en la ranura de la gatera, de modo que no se pudiera abrir hacia fuera. Los gatos quedaron encerrados en la biblioteca para el resto de la noche.

Los pasos se oían casi encima de nosotros. Me lancé por el suelo, agarré el medallón primero y luego a Murphy, a quien volví a arrojar hacia mi alcoba por el suelo encerado del pasillo. Vi cómo chocaba contra la pared del fondo con un golpe blando. Luego giré hacia los pasos, que estaban a punto de doblar la esquina.

Era Althia, una de las cocineras, que llegaba con una sartén en la mano y, a juzgar por la expresión de su rostro, dispuesta a darme con ella en la crisma.

—¡Alexa! —gritó—. ¿Se puede saber qué es este escándalo a estas horas de la noche? Me has dado un susto de muerte.

—Lo siento, Althia, de verdad que lo siento.

Tenía que hacer que regresara a la cocina cuanto

antes para atender a Murphy, pero los gatos seguían maullando y dando zarpazos a la puerta, desesperados por salir.

—He oído a los gatos maullando como locos, así que he venido para ver qué pasaba —le dije—. Al parecer, Grayson los ha dejado encerrados y quieren salir. Mañana por la mañana le diré que eche un vistazo a la gatera. Parece estar atorada o a lo mejor ha dejado delante un montón de libros.

Me quedé entre la gatera y Althia en la pálida luz del pasillo. Parecía que se lo había creído.

—Menos mal que eras tú —dijo aliviada—. Ahora me voy a ver mi suflé antes de que se me deshaga del todo. Y tú vuelve a tu alcoba, anda.

Se alejó por las escaleras con la sartén en la mano y murmurando algo sobre los gatos.

Me quedé algo aturdida en el pasillo tratando de reconstruir la escena en mi mente y dando gracias de que Althia no fuera una persona curiosa. Corrí hacia Murphy que estaba al fondo del pasillo. Descubrí, horrorizada, que seguía inconsciente; respiraba con dificultad y tenía una herida abierta en la cabeza. Lo levanté con cuidado y me dirigí a mi alcoba, maldiciéndome a mí misma por haberlo hecho entrar en la biblioteca con esos terribles gatos.

# CAPÍTULO 19

# LA CARTA DE MI MADRE

Fui al baño a buscar un paño mojado. Murphy seguía en la cama con temblores y espasmos, como si estuviera peleándose con los dos gatos en sueños. Le limpié la herida y las costras de sangre seca alrededor de los ojos y del morro. Lo que más me preocupaba era el tremendo chichón que tenía en la cabeza. Pensé que a lo mejor se había dado un golpe en la cabeza al salir disparado por la gatera, pero la posibilidad de que se lo hubiera hecho yo al lanzarlo por el pasillo me hacía sentir aun peor.

Lo dejé reposar y saqué el medallón y la arandela de oro del bolsillo. Tenía grabado un diseño similar al del otro gato. Esperaba que esta jocasta me diera la información que tan desesperadamente necesitaba. Levanté la alfombra debajo de la cama, saqué una tabla suelta y me asomé al escondrijo donde guardaba mis herramientas: la llave de plata de Warvold, su libro favorito, el catalejo roto de mi madre y la lente concéntrica quebrada.

Saqué la lente concéntrica y volví a colocar la tabla y la alfombra en su sitio. Al incorporarme, vi que Murphy se había despertado. Estaba de pie, lamiéndose una patita.

—¡Estás bien!

Le puse la mano en la cabeza y lo acaricié con sumo cuidado.

—¿Bien? Estoy como una rosa. No había vivido nada tan emocionante desde que me persiguió un coyote hasta un árbol el mes pasado. Tengo la cabeza como un bombo, eso sí, pero sigo de una pieza —dijo.

Me sentí muy contenta al verlo tan bien.

—¿Qué ha pasado ahí dentro? Quiero que me lo cuentes con pelos y señales —le dije.

—A ver, que recuerde... al principio todo estaba bastante oscuro y me costó evaluar la situación. Al final decidí que lo mejor sería rodear el cuello de Pepper con mis patas y sentarme en su cabeza. Había que hacerlo rápido, de un solo movimiento; después cortar la correa, agarrar el medallón y salir corriendo de allí.

Murphy estaba de pie y gesticulaba como un actor.

—En cuanto le toqué la cabeza se levantó como un resorte y empezó a saltar por todas partes. Dio tales brincos que no sé ni cómo conseguí mantenerme encima de él. Corté la correa y la arandela salió disparada por el suelo, con el medallón, hasta el fondo del pasillo. Creo que también corté al gato, porque echó la cabeza hacia atrás con tal fuerza que me lanzó al aire como a un muñeco de trapo. Al caer estaba un poco desorientado, pero por suerte yo estaba más cerca del medallón que ellos. Corrí por el piso, mordí la arandela y salí a toda velocidad con el medallón a rastras y los gatos disparados detrás de mí.

—¡Increíble! —dije.

Murphy irradiaba el aura gloriosa de un héroe mítico. Su narración no necesitaba más adjetivos; era una narración épica y legendaria por derecho propio y estaba convencida de que Murphy se pasaría muchos años contándosela a sus hijos y nietos.

—Y además, has traído el medallón bueno, el de Pepper. Lo sé porque cuando lo dejé encerrado en la biblioteca, se subía por las paredes de rabia —añadí.

Puse la lente concéntrica sobre el medallón. Tenía tantas grietas que la jocasta parecía una imagen caleidoscópica e indescifrable. Estudié la lente detenidamente hasta encontrar el área más grande que no tuviera grietas. Me puse de rodillas en el suelo y saqué el vidrio roto de su montura metálica. Los demás cristales cayeron desperdigados por el suelo. El trozo que reservé tenía una superficie de un cuarto, más o menos, de toda la lente. Volví a sentarme en la cama.

—¿Crees que funcionará? —preguntó Murphy.

—Creo que sí, pero vamos a tardar un rato en verlo todo —contesté.

Al final resultó ser una jocasta de lo más simple; era un diagrama de tres recuadros alineados. Dos de ellos estaban conectados por una línea. Del segundo recuadro salía una flecha al tercero que no llegaba a tocarlo. Era así:

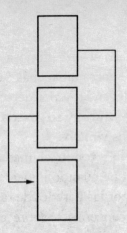

Copié el diagrama en un papel y recogí los vidrios del suelo. Murphy y yo nos quedamos mirando el diagrama unos minutos. No teníamos ni la más remota idea de lo que significaba.

Después de darle muchas vueltas, Murphy dijo:

—Lo siento Alexa, pero debo ir a ver a Yipes. Estará preocupado y Ander querrá un informe completo.

Saltó al suelo y se subió al alféizar.

—¿Qué te parece si les doy una versión azucarada de nuestros progresos?

—Por mí, perfecto —le dije—. Aunque, francamente, creo que hemos llegado a un callejón sin salida, y no sé por dónde empezar. Esta jocasta era mi gran esperanza y ha resultado ser un fracaso. Lamento haberte hecho arriesgar la vida para nada.

—No te preocupes, Alexa. Lo he pasado en grande. Ahora soy un héroe de guerra; cuando todo esto haya acabado, seguramente me condecorarán y hasta harán un desfile en mi honor. ¿Qué más puede pedir una ardilla?

Sin más, Murphy salió disparado por la ventana y me dejó sola con mis pensamientos en el tramo más inhóspito de la noche. Ya había pasado la una de la madrugada y me sentía agotada. Me recliné sobre la cama y sentí un bulto. Era la carta de mi madre que aún llevaba en el bolsillo. Era el momento idóneo para pasar el mal trago y leerla de una vez por todas. Con un poco de suerte, me ayudaría a conciliar el sueño.

*Alexa:*

*Muchas gracias por la carta. Te extraño mucho y a tu padre también, y la verdad es que se agradece recibir noticias de ambos. Las margaritas ya han florecido en toda la ciudad y el huerto está a reventar de tomates. Le dije a tu padre que no plantara tantas tomateras, pero ya sabes cómo es. Ahora me toca repartir tomates entre los vecinos cada tres días y comérmelos en el desayuno, el almuerzo y la cena. Y por muchos tomates que regale, siempre hay más al día siguiente. Por favor, dile a tu padre de mi parte, "Te lo dije".*

*Sentí mucho que te hubieras llevado mi catalejo a Bridewell. No te puedo castigar desde tan lejos, pero ya sabes a quién le va a tocar* arrancar todas las tomateras al final del verano. Comprendo que la tentación era demasiado grande, pero debes ir aprendiendo a tomar decisiones más sensatas. El catalejo fue un regalo de Renny Warvold y es el único recuerdo que tengo de ella, de manera que ya puedes imaginar lo especial que era para mí. Te ruego que no te olvides de traerlo de vuelta y que lo cuides bien hasta tu regreso. Llevaré las lentes a arreglar y tú pagarás lo que me cueste echándome una mano en la casa.

¿Qué tiempo hace en Bridewell? Seguro que hace tanto calor como de costumbre. Este año el río Roland trae más agua que de costumbre y al caer la tarde refresca todo Lathbury.

¡Escribe más! Los veré muy pronto.


Los ama,
Madre


El elegante catalejo de tres cilindros. En cuanto supe que había sido de Renny empecé a ver las cosas de otra manera. ¿Y si los tres recuadros del medallón de Pepper representaran las secciones del catalejo? Pensé que a lo mejor había una equivalencia entre las imágenes de los dos primeros cilindros con la que apareciera en el tercero.

Volví a quitar la alfombra y el tablón. Con las manos temblorosas, saqué el catalejo y me senté en la cama.

Desplegué los cilindros telescópicos con su barroco diseño de cachemira. Cada cilindro estaba adornado con una auténtica jungla de formas y colores. Encontrar allí una jocasta parecía una tarea poco menos que imposible, sobre todo teniendo en cuenta que mi única ayuda sería un vidrio roto. Empecé a escudriñar la parte exterior del cilindro más grande y no tardé en darme cuenta de que tardaría horas sólo en rastrear esa parte. Estaba tan cansada que apenas podía mantener los ojos abiertos.

Volví al baño y puse el oído en la pared. Mi padre dormía plácidamente. Se oía su ronquido pausado y arrullador. Tomé agua del lavabo y me mojé la cara y el cuello para espabilarme. Luego volví a la cama y seguí inspeccionando el catalejo.

No había manera. A ese ritmo tardaría días enteros en hallar las jocastas, y ya estaba empezando a dar cabezazos de sueño. Terminaría quedándome dormida y al despertarme tendría a Sam en la cara y a Sebastián erguido ante mí con una maza. Me recosté y me froté los ojos. Tenía que haber otra manera. Ya habían pasado las dos de la madrugada y sabía que no aguantaría despierta mucho más.

Me puse el catalejo a varios palmos de distancia y lo observé detenidamente. Pensé que si giraba las tres secciones a lo mejor se podría hacer coincidir las tres partes de algún diseño oculto. Puse una mano en el cilindro más grande y otra en el más pequeño y empecé a girar el catalejo. Observé que los diseños de cada sección parecían coincidir en un punto, pero no estaban alineados. Agarré los tubos con más fuerza y comprobé que casi sin esfuerzo se podían girar en sentido opuesto. Una vez alineados, los diseños quedaron encajados en esa posición. Jamás se me había ocurrido girar así los cilindros.

Quedó una hilera de fractales iguales, colocados de menor a mayor. También se apreciaba una gama de colores de más claros a más oscuros. En el centro de cada diseño de cachemira había un símbolo, una especie de destello de luz amarilla. Coloqué mi trozo de lente en el centro del diseño del primer cilindro. Y así hallé la primera jocasta.

Era la imagen de un hombre sin ojos que elevaba los brazos ante un objeto invisible. En ese instante recordé la fábula que recitó Warvold la noche de su muerte sobre los ciegos y el elefante, y entendí que el objeto invisible debía de ser el elefante de la fábula.

Aquella revelación me despejó totalmente. Repetí la operación con el siguiente cilindro. La segunda jocasta era un hombre arrodillado y con las manos elevadas, adorando a un dios oculto.

En el tercer cilindro hallé una jocasta simplísima; todavía más que el diagrama del medallón de Pepper: una simple S mayúscula.

Elefante + Adoración = Sebastián.

Estaba más confundida que nunca.

# CAPÍTULO 20

# LA SALA DE REUNIONES

La fatiga extrema es una fuerza que abruma. En ciertas ocasiones cubre a su presa bajo sucesivos mantos de sueño profundo, mantos que deben ser arrancados uno a uno. A medida que las voces y la luz del mundo exterior hacen esfuerzos por penetrar, deben luchar contra una gruesa capa para rescatar a la víctima.

—¡Despierta, Alexa, despierta!

¿Cuánto tiempo llevaba dormida? ¿Cuánto tiempo llevaba la ardilla gritándome con su voz chillona? Todo, absolutamente todo, había sido parte de un sueño —los animales parlantes, la muralla, el roedor haciendo filigranas sobre mi pecho—, un sueño delicioso.

Tenía la ardilla ante mi rostro. Me miraba con la boca abierta, mostrando sus dientecillos, mucho más pequeños de lo que hubiera imaginado. Me mordió suavemente en la nariz; volvió a morder un poco más fuerte. Me desperté sobresaltada.

—¡Murphy! —grité con un movimiento brusco que lanzó violentamente a la pobre ardilla hasta los pies de la cama y de ahí, patas arriba, hasta el piso. El sol, que empezaba a asomarse por encima de la muralla, envió un rayo de luz a través de la ventana. Había estado dormida durante casi cuatro horas.

Murphy se encaramó a la cama algo aturdido.

—Parece que eso de tirarme contra el suelo se está convirtiendo en una costumbre.

—Eso es una pamplina para un héroe como tú —repliqué, y acto seguido me deshice en disculpas.

—Me temo que hay malas noticias, Alexa. Los convictos han empezado su ofensiva.

—Entonces debemos actuar lo antes posible —le dije.

Pasé los cinco minutos siguientes explicándole a Murphy lo que había descubierto. Las noticias de mis hallazgos pusieron a Murphy en un estado de euforia incontrolable. Murphy estaba absolutamente alterado y me costó Dios y ayuda serenarlo. Lo cacé al vuelo por la cintura en una de sus piruetas aéreas. Al cabo de unos segundos empezó a calmarse y se quedó mirándome fatigado y con los brazos colgando.

—Por favor, vamos a intentar serenarnos —le dije—. Piensa que aún no sabemos quién es Sebastián; es posible que se nos haya acabado el tiempo. Aun así, puede que mi descubrimiento nos siga siendo útil, pero voy a necesitar tu ayuda para comprobarlo.

Sabía que estaría más que dispuesto a hacerlo, así que le di mis instrucciones y lo envié a una nueva misión. Calculé que tardaría algo más de una hora. En cuanto a mí, me di cuenta de que estaba amaneciendo y de que había llegado el momento de hablar con mi padre.

Entré al baño, abrí la puerta en silencio y me asomé. Un fino rayo de luz atravesaba la penumbra de su alcoba. La luz anaranjada del alba inundaba la estancia, dominada por su respiración profunda y acogedora. Me acerqué de puntillas hasta el otro lado y me subí a la cama. Al sentir el calor de las sábanas noté un golpe de sueño repentino, y no sé cómo logré superarlo.

—¿Padre? —susurré.

Insistí con más firmeza.

—¿Padre?

Se estiró y se giró hacia mí, frotándose los ojos. Se le había formado una enorme cresta en el pelo que me hizo reír.

—Alexa, qué alegría verte —dijo con un tono somnoliento, y de inmediato volvió a cerrar los ojos. Volví a llamarlo y, ante mi insistencia, se sentó en la cama totalmente despierto.

—¿Te encuentras bien, cariño? —preguntó.

—Estoy un poco cansada, pero sí, estoy bien.

Nos miramos a los ojos fijamente.

—Tengo muchas cosas que contarte —le dije.

—¿A qué te refieres?

Me senté en la cama, me eché una de sus frazadas sobre los hombros y le conté todo lo que había pasado los días anteriores. Bueno, algunos detalles preferí reservármelos. Mientras le narraba lo sucedido, decidí que sería preferible mantener en secreto la existencia de animales parlantes y mis conversaciones con ellos. No creí que ese dato pudiera ser útil y me preocupaban seriamente las consecuencias que podrían tener para ellos una vez se corriera la voz en Bridewell.

Al terminar le hice la pregunta que llevaba toda la mañana haciéndome a mí misma.

—¿Quién crees que puede ser Sebastián?

Se frotó sus mejillas sin afeitar con la mirada perdida.

—No lo sé, pero debemos contárselo a los demás —dijo—. Vístete. Te espero en la sala de reuniones dentro de media hora.

Se levantó de la cama y avanzó lentamente hacia el baño, estirando los brazos hacia arriba y hacia los lados. Me quedé quieta bajo la frazada, paralizada de miedo. Se mojó la cara y después se volteó. Le chorreaba agua por el mentón.

—¡Arriba, Alexa! No hay tiempo que perder.

Aquello fue una orden, no una sugerencia.

Al bajarme de la cama sentí el frío piso de madera en los pies. Caminé y cuando estuve a su lado, me abracé a sus piernas. Mi padre se arrodilló junto a mí y noté el peso de sus manazas sobre mis hombros. En ese instante advertí algo nuevo sobre mi padre, algo en lo que jamás había reparado: que si quisiera, podría hacerme añicos con sus propias manos y casi sin esfuerzo. Me puso su mano de oso en la cabeza. Después me dio un largo abrazo, enternecido, quizá, por la idea de que su hijita hubiera tenido que cargar con tanta responsabilidad.

—¿Qué voy a hacer contigo, mi pequeña comadreja? —susurró.

Me soltó y, de nuevo ante el lavabo, empezó a pasarse las manos por su rubia y encrestada pelambre.

Cerré la puerta de mi baño y me vestí con una indumentaria apropiada para la ocasión. Me puse mi camisa verde de mangas largas, un chaleco rojo de botones y una túnica marrón con un dobladillo de colores por delante. Por último, me calé una gorra de cuero y me pasé el pelo por detrás de las orejas. Poco después, oí abrirse y cerrarse la puerta de la alcoba de mi padre y también sus pasos, que se alejaron por el pasillo hasta perderse escaleras abajo. Abrí la ventana y busqué a Murphy, que una hora después seguía sin aparecer.

Agarré mi bolsa y avancé por el pasillo hacia una sala misteriosa en la que jamás había estado.

Me acordé del verano anterior. Un día me dediqué a matar el aburrimiento escondiéndome por Renny Lodge. Me metía debajo de las mesas, me escondía detrás de los sofás. Como muchas otras tardes, me lo pasaba en grande jugando a los espías. Hacía como si todos los habitantes de Renny Lodge fueran criaturas malvadas dispuestas a todo con tal de arrebatarme mi tesoro imaginario. Aquel día, mientras permanecía oculta tras unas cortinas moradas que había cerca de la misteriosa sala de reuniones, vi que se abría la puerta. De la sala salieron Ganesh, Warvold y mi padre, en ese orden. Descorrí un poco más la cortina para ver qué había dentro de la sala. Mientras se cerraba la puerta, pude ver un fino haz de luz que entraba por un ventanal enorme; un haz cuyo resplandor encendía el contorno de los objetos allí situados. En cuanto se cerró la puerta, sentí una gran mano en el hombro que me agarró con fuerza y me sacó de mi escondrijo.

—No quiero que andes escondiéndote, Alexa. Te lo he dicho muchas veces. Es por tu propio bien, así que te ruego que me obedezcas.

Fue mi padre. No me habló con maldad, pero en su voz había un tono firme y hasta agresivo. Se alejó hacia la cocina y me dejó ahí, muerta del susto. Nunca más volví a acercarme a esa sala.

Un año después, estaba ante el umbral de aquella misma puerta. Al verla, sentí escalofríos. Miré a la izquierda, a la gruesa cortina de terciopelo morado recogida contra la pared. Finalmente agarré el pomo, abrí la puerta y pasé adentro.

Era una sala amplia, poco acogedora, con el piso de baldosas y las paredes desnudas. En el centro había dos mesas sobre las que había tinteros y plumas viejas. En los bordes de las mesas había vasos y sobrios jarrones de terracota con agua. Era una sencilla sala de negocios, sin ninguna personalidad ni encanto. Cerré la puerta tras de mí. La única luz que iluminaba la estancia era la que entraba por el ventanal, a un lado de la sala. Los asistentes

210

fueron ocupando sus asientos y se formaban remolinos de aire con el polvo dorado de la mañana.

Todos estaban presentes: Silas, Ganesh, Nicolás, mi padre, Grayson y hasta el mismo Pervis, que permanecía encadenado a la silla con grilletes en las manos, celosamente custodiado por dos guardias.

Nos sentamos a ambos lados de las mesas. Mi padre tenía a Ganesh a la izquierda y a mí a la derecha. Nicolás estaba a mi lado, y enfrente de nosotros se sentaron Silas, Grayson y el reo Pervis.

Lo último que oí antes de que mi padre tomara la palabra fue el triste sonido de los grilletes de Pervis, que encadenado de pies y manos trataba de acomodarse en la silla de madera. El eco metálico de las cadenas en los techos abovedados destacaba su penosa circunstancia ante los allí presentes.

—Gracias por venir a esta reunión tan temprano —dijo mi padre—. No saben lo importante que es para mí su presencia. Y ahora debo pedir a los guardias que se retiren, si es que Pervis está debidamente encadenado. El guardia comprobó todos los cierres y se alejó hacia la puerta.

—Guardia —dijo mi padre—, deme las llaves.

El guardia regresó, desenganchó las llaves de su anillo y las puso sobre la mesa. Luego se giró y abandonó la sala.

—Como todos ustedes sabrán, la muerte de Warvold ha sido un golpe muy duro para Bridewell. En Ainsworth se percibe nuestra debilidad y no descartamos que traten

211

de aprovecharse de la situación. Cada vez hay más gente dispuesta a asentarse aquí y no tenemos donde acogerlos. Tenemos a nuestro responsable de seguridad con grilletes; eso significa que nuestro ejército está descabezado; sin él somos aun más vulnerables. Existen, además, planes más siniestros que sólo ahora empezamos a descubrir.

»Grayson lleva más tiempo aquí que cualquiera de nosotros; es un viejo y entrañable amigo. Aunque Silas es una incorporación reciente al grupo, creo que es alguien en quien podemos confiar. Nicolás tampoco lleva mucho tiempo entre nosotros, pero sus dotes de liderazgo son evidentes: no hay duda de que contribuirá a construir nuestra historia. Y no hay palabras para expresar lo que mi querido amigo Ganesh significa para Bridewell y para su futuro. También he invitado a Alexa. La razón de su presencia entre nosotros se hará evidente en breve.

Mi padre hizo una pausa y miró a nuestro compañero encadenado.

—Y Pervis. ¿Qué vamos a hacer contigo? Temo que encerrarte haya sido un error, pero creo que de momento no te voy a poner en libertad.

Mientras mi padre se servía agua, advertí un extraño movimiento en un extremo del ventanal. Era algo diminuto, casi imperceptible, como una brizna de hierba suspendida en una telaraña. Murphy había regresado.

Estaba descolgado por la parte de fuera de la ventana, agarrado a la cornisa con una de sus patitas; con la otra me hacía gestos para llamar mi atención. No dejaba de hacer aspavientos. Luego vi desaparecer su patita y lo oí avanzar por la pared con un sonido áspero.

—Padre, quisiera acercarme a la ventana a respirar un poco de aire fresco. Parece que hay mucho polvo en el ambiente —le dije.

Padre hizo un gesto de aprobación y siguió hablando.

—Hace una semana, Alexa encontró un pasadizo que conduce al otro lado de la muralla. Regresó ayer, después de pasar dos días merodeando por el bosque y las montañas.

Todos dieron un suspiro de asombro.

—¿Ha perdido la cabeza? ¡Tiene suerte de haber regresado con vida! —exclamó Ganesh.

Grayson parecía estar deseando que se lo tragara la tierra con tal de que nadie lo mirara, y el pobre Silas me miró con un gesto de dolor, como si mis mentiras le hubieran desgarrado el corazón.

Mientras unos y otros se disputaban la atención de mi padre, llegué hasta la ventana, me puse de espaldas a la pared y moví la mano a tientas en busca de una bola de terciopelo. Murphy había desaparecido, pero me había dejado un obsequio en el alféizar. Lo recogí.

—Presten atención —dijo mi padre, elevando la voz y haciendo callar a todos—. Alexa hizo esto por su cuenta y riesgo y sin mi consentimiento, pero creo que tendremos que darle las gracias uno por uno cuando todo esto haya acabado.

Mi padre le echó una mirada acusadora a Grayson, que estaba boquiabierto y con la mirada perdida, sin poder dar crédito a lo que estaba escuchando.

—Mientras Alexa estaba al otro lado de la muralla, atravesó un túnel muy estrecho que conducía hasta un mirador secreto; desde allí pudo asomarse a una cámara subterránea —dijo—. Esa cámara forma parte de un complejo de túneles, un auténtico laberinto formado durante la extracción de roca para la construcción de las murallas. Esos túneles atraviesan una amplia extensión que comprende los Montes Negros y hasta el propio subsuelo de Bridewell. Decenas de hombres con la letra C marcada a fuego en la frente viven ocultos en esos túneles.

—¡Eso es ridículo! —exclamó Nicolás—. ¿Acaso no te das cuenta de lo que significaría?

Todo el mundo se quedó de piedra y boquiabierto ante las posibles repercusiones.

Yo ya había vuelto a mi asiento. Mi padre hizo una señal y yo saqué un tubo de madera del morral y se lo entregué.

—Me temo que dice la verdad —dijo—. En este mapa aparecen todos los túneles y cámaras subterráneas. Hay otro entramado de túneles exteriores en los matorrales, por los que circulan los criminales de incógnito en busca de provisiones.

»Estos hombres están enfurecidos y llevan años

planeando el ataque y la conquista de Bridewell. Sus planes están muy avanzados, tanto es así que podrían iniciar el asedio a la ciudad mañana mismo, y me temo que no estamos preparados para un ataque de esas dimensiones.

—Eso no es posible —dijo Ganesh—. Enviamos a los presos a su lugar de origen. Warvold mismo los escoltó hasta Ainsworth. Les aseguro que eso *no puede* ser posible.

—Lo lamento Ganesh, pero por mucho que esto nos extrañe, sería menos verosímil que Alexa lo hubiera inventado. Ahora les ruego que me dejen terminar. Debo decirles algo más y luego responderé a todas sus preguntas.

Hubo un momento de quietud y silencio. Los rostros de los presentes reflejaban asombro y confusión.

—Todos sabemos que Warvold era un hombre misterioso, por no hablar de la enigmática Renny, su esposa. En una de nuestras tertulias, Nicolás nos contó que Renny era aficionada a una críptica y extraña forma de artesanía: las llamadas jocastas. Renny tuvo la delicadeza de dejar muchos de estos tesoros ocultos entre nosotros. Alexa los ha encontrado y ha sido capaz de descifrar un mensaje que, en mi humilde opinión, Warvold y Renny quisieron dejar para la posteridad. Hemos de aceptar que la muerte de Warvold ha puesto en marcha el fin de una era en Bridewell. Aún no está claro qué nos depara el futuro, pero hay algo que sí sabemos: en las batallas que nos aguardan, no todos estamos en el mismo bando.

Saqué un papel de la mochila y se lo entregué a mi padre.

—Este es el dibujo de una jocasta que Alexa encontró en el medallón de uno de los gatos de la biblioteca. Por si alguno de ustedes aún no lo sabe, esos gatos eran de la mismísima Renny Warvold. En el diagrama de Alexa se muestra con claridad que al unir las dos primeras secciones del diagrama, la longitud resultante es la del tercero.

Saqué el catalejo de la mochila y se lo entregué a mi padre.

—Los tres rectángulos de la jocasta representan las tres secciones del catalejo que Renny Warvold le regaló a mi esposa. Cada sección del catalejo también contiene una jocasta que, en su conjunto, conforman un mensaje cifrado de la mayor importancia.

Mi padre señaló la primera sección del catalejo.

—La jocasta del primer cilindro representa a un hombre con los brazos extendidos hacia arriba y hacia un lado. La jocasta del segundo cilindro es una silueta humana, arrodillada y con los brazos alzados, adorando a un Dios invisible. Y la del tercero no es más que una simple letra $S$.

Mi padre hizo una pausa y miró, una por una, las caras confundidas y extrañadas de los allí presentes.

—Fascinante —dijo Nicolás—. Los convictos, el laberinto de túneles oscuros, los mensajes ocultos de mi madre. Todo esto me parece bastante descabellado, por no decir otra cosa. No obstante, he de confesar que tu hija ha elaborado una trama emocionante. Por favor, prosigue con el desenlace.

Sin más, y tras un gesto aquiescente de Silas y Grayson, Padre siguió relatando lo que yo le había contado esa misma mañana.

—La noche de su muerte, Warvold le contó una fábula a Alexa. Trataba sobre seis ciegos que tocaron un elefante desde ángulos diferentes. En consecuencia, cada uno de ellos pensó que el elefante era algo distinto. Uno tocó la cola, otro un flanco, otro la cabeza y así sucesivamente. Esa es la razón por la que creemos que la primera jocasta representa un elefante. El símbolo de la segunda jocasta se explica por sí solo; representa un acto de adoración a un dios invisible. La letra S en la última sección del catalejo habría sido indescifrable de no ser por el encuentro que tuvo Alexa con los convictos.

Mi padre me indicó con un gesto que me pusiera de pie y prosiguiera con el relato. Ya tenía decidido que la única manera de proteger a los animales sería mentir.

—Según los dos convictos que vi en la cámara subterránea, hay un traidor entre nosotros —dije—. Ese hombre es su líder, que se oculta tras el sobrenombre de Sebastián, de ahí la letra S.

Los presentes se unieron en un suspiro colectivo, destacándose la voz inconfundible de Ganesh, que me miró con una expresión de terror.

—Has ido demasiado lejos, Daley. ¡Te ruego que acabes con este absurdo ahora mismo! —exclamó.

—Es cierto —dijo Grayson, mirándonos a mi padre y a mí—. Creo que se han excedido.

Hubo un murmullo tenso en la sala, del que despuntó la voz que menos hubiera esperado oír.

—Yo fui miembro del cuerpo de guardias que escoltó a los convictos a Ainsworth —dijo Pervis sin levantar la mirada del suelo. Luego alzó la cabeza y miró a todos los allí presentes uno por uno.

—También tengo que decir que Warvold se quedó en Ainsworth varios días después de que mis guardias y yo regresáramos a Bridewell. A lo mejor compró su libertad o quizá él mismo persuadió a las autoridades de Bridewell para que los liberaran a extramuros. Era un hombre peculiar que solía tomar en secreto las decisiones más extravagantes, cuyas implicaciones sólo él conocía. No es de extrañar que Warvold no hubiese previsto esta situación. Es posible que no tardemos en descubrir la sabiduría de sus designios.

Pervis giró hacia la ventana, haciendo sonar sus cadenas.

—En cualquier caso, hace tiempo que sabemos que hay criaturas merodeando por los Montes Negros. Mis centinelas y yo las hemos visto muchas veces. Quizá acabemos por descubrir su identidad.

—¡A ver, Pervis, eso es una soberana estupidez! —gritó Nicolás indignado—. ¿Vas a decirme acaso que te crees las fantasías de una niña?

Por primera vez desde que entré en la sala de reuniones

218

me sentí segura de mí misma, fuerte y hasta enojada al ver la poca visión de nuestros gobernantes en un momento tan crítico. Entendí que para abrirles los ojos, sería necesaria una demostración concreta e inequívoca. Aparté mi silla y me acerqué a la ventana. Me quedé de espaldas al grupo, mirando la odiosa muralla de piedra que, recorrida en toda su extensión por venas de hiedra, parecía tener vida propia. Después me volteé y miré a esos hombres con una determinación inusitada.

—Aún no he terminado.

# CAPÍTULO 21
# EL LÍMITE DE LOS MONTES NEGROS

A partir de entonces se acabaron todos mis titubeos, toda mi indecisión. Ya nada podía asustarme: ni aquellos señores, ni la información que disponía acerca de los convictos, ni la dichosa sala de reuniones. Nada.

Después de tantos años, las murallas habían conseguido darnos una visión limitada del mundo, nos habían privado de un horizonte libre y sin fronteras; aunque lo más trágico, quizá, era que nos impedía discernir la verdad.

Desplegué el papel que me había dejado Murphy en el alféizar.

—Cuando salí al mundo exterior conocí a un hombre extraordinario. Es un morador de las montañas que tiene una relación inaudita con los animales salvajes. Lleva mucho tiempo observando a los convictos y me dio esta nota.

—Y ese hombre, ¿no te diría su nombre por casualidad? —preguntó Grayson.

Le dije que sí, que se llamaba Yipes. Luego me preguntó si su tamaño era normal y yo le contesté que era el hombre más pequeño que había visto en toda mi vida. Grayson se quedó pálido y me miró como si hubiera visto una aparición. Luego puso los codos en la mesa y se agarró la cabeza entre las manos.

—¿Qué pasa, Grayson? —preguntó Ganesh.

El bibliotecario levantó la mirada.

—Después de todo, es posible que nos esté diciendo la verdad —dijo.

Lo miramos expectantes.

—Yipes no es un personaje de leyenda —dijo—. Es real. Es un hombre muy pequeño, vive en el bosque y es muy posible que pueda comunicarse con los animales.

Grayson estaba asombrado y hacía gestos de incredulidad, como si le costara dar crédito a sus propias palabras. Se levantó con la mirada ausente, tratando de dar con las palabras precisas con las que reconstruir su recuerdo.

—De niño vivió un tiempo en Bridewell. Era un niño vagabundo y hambriento que llegó de Ainsworth dispuesto a hacer cualquier cosa por un mendrugo de pan.

Grayson hizo una pausa y me clavó la mirada.

—Ese pan me lo robó a mí, pero le eché el guante. Decidí llevármelo a la biblioteca. Dormía en el sofá de la esquina y, como era tan pequeño, nadie advertía su presencia. Cuando llegaba gente, se escondía entre las sombras. Yo le llevaba restos de comida de la cocina y le leía libros.

Grayson se acercó a la ventana. Tenía la mirada ausente, como si proyectara sus recuerdos en la omnipresente muralla y sus crueles enredaderas.

—Un día, al doblar la esquina, al fondo del pasillo,

me lo encontré sentado sobre las piernas de Warvold. Me llevé un susto tremendo, temía que el viejo se deshiciera del niño y también de mí. Mi impresión no podía haber sido más equivocada. Warvold se había encariñando con él. Se sentaban juntos, le leía libros y le contaba cosas en voz baja que yo apenas oía: historias de animales parlantes, fenómenos extraños del mundo exterior, pasadizos secretos y misterios de un pasado remoto que sólo Warvold conocía. Confieso que todas esas cosas me sonaban a cuentos de viejas.

Grayson se dio la vuelta, se reclinó en el alféizar y nos miró a contraluz. Sólo veíamos su silueta.

—Yo seguía en lo mío, cuidaba del muchacho y le enseñaba lo que sabía. En aquellos tiempos Warvold no paraba de viajar de un lado a otro y a veces se ausentaba durante semanas. Yipes era un muchacho ágil y tremendamente fuerte para su tamaño. Cuando estábamos solos, se encargaba de colocar los libros en los estantes más altos. Era capaz de encaramarse a una estantería en un abrir y cerrar de ojos, colgarse de una mano y colocar los volúmenes uno a uno. Lo hacía con una facilidad asombrosa.

»No sé qué edad tendría cuando llegó, ni cuando desapareció un año después. Sí sé que soñaba con buscar un camino al exterior y con vivir en plena naturaleza con los animales; decía que aprendería a comunicarse con ellos. Warvold le aseguró que sería posible y él le creyó. Yipes se había sentido despreciado, olvidado y rechazado por sus congéneres, y pensaba que en la naturaleza las cosas serían de otra manera.

Grayson estaba visiblemente emocionado. Casi no pudo contener las lágrimas al saber que aquel muchacho a quien tanto quiso había conseguido sobrevivir en las montañas y los bosques que se extendían al otro lado de la muralla.

—Un día, al regresar a la biblioteca, me encontré a Warvold llorando. Recuerdo que tenía una llave plateada entre los dedos. "Se ha ido —dijo—, para nunca más volver". Warvold dijo la verdad porque desde entonces no he vuelto a verlo.

La sala quedó en silencio y aproveché la ocasión para dar a conocer lo poco que sabía y para convencerlos, de una vez por todas, que nos acechaba un peligro muy real y muy cercano. Sin más, desdoblé la nota que Yipes le había dado a Murphy. Al leerla, sentí un profundo escalofrío.

*La divisoria de los Montes Negros no los protegerá, pues el mal los acecha desde dentro. Dará la señal esta medianoche y entonces atacarán. Su única esperanza es derribar lo que han construido.*

—Está firmada por Yipes —dije.

Al levantar la mirada, una expresión oscura se había apoderado del rostro de mis amigos.

Era la sombra de la sospecha.

# CAPÍTULO 22

# UN PLAN SECRETO

Cuando terminé de leer la carta de Yipes, un largo y tenso silencio se apoderó de la sala. Era como si nadie supiera qué decir a continuación o qué cara poner. Mi padre rompió el silencio.

—Según parece, a todos nos está costando aceptar la situación. Si les parece bien, sugiero que Alexa acabe de decirnos todo lo que sabe. Si todo lo que nos ha contado hasta ahora es cierto, y tiene toda la pinta de serlo, tenemos el tiempo justo para afrontar una posible invasión.

Pervis se movió en su asiento haciendo sonar las cadenas de sus grilletes. Me tranquilizaba tenerlo entre nosotros.

Me levanté y avancé hacia una amplia mesa de madera rodeada de sillas, al fondo de la sala. Mi padre soltó la cadena de Pervis de la mesa, se lo llevó hasta nuestro nuevo emplazamiento y volvió a encadenarlo a la pata de una silla. Invité a todos a acercarse. Cuando los tuve a mi alrededor, desenrollé el mapa y lo coloqué en el centro de la mesa con unos candeleros de bronce en las esquinas.

—No disponemos de tiempo ni de refuerzos para defendernos del ataque —dijo padre—. Casi todos los habitantes de Bridewell están haciendo negocios en otras partes del reino, lo cual tiene sus ventajas. Por un lado, al haber menos personas, sufriremos menos bajas; por otro lado, esta circunstancia nos pone en desventaja numérica. Es evidente que los convictos lo habrán tenido en cuenta en sus planes de ataque.

Padre miró a Pervis, que estaba situado frente a él, al otro de la mesa.

—Estamos nosotros seis —le dijo—. ¿De cuántos guardias y centinelas disponemos?

—Tenemos catorce, quince si me quitas estos grilletes, además de sesenta civiles entre hombres, mujeres y niños desperdigados en distintos puntos de la ciudad —dijo Pervis.

—¿Catorce centinelas? —preguntó Silas, dando por hecho que Pervis permanecería encadenado—. Debe de haber centenas de convictos merodeando por esos montes. No creo que podamos enfrentarnos a todos, sobre todo si no sabemos cómo y desde qué punto exacto atacarán. Y lo peor de todo es que uno de ellos está dentro de las murallas. Podría ser cualquiera. Incluso uno de nosotros.

Silas dijo en voz alta lo que todos habíamos estado pensando pero no nos atrevíamos a decir: ¿Y si Sebastián fuera uno de nosotros?.

—Me niego a creerlo —dijo mi padre—. El único del grupo que no lleva años y años entre nosotros eres tú, y dudo que seas un malvado conspirador. Además, sea quién sea ese Sebastián, si es que realmente existe, lo lógico es que haya tratado de mantenerse oculto, de lo contrario no habría durado tanto tiempo en Bridewell. Sugiero que no nos preocupemos demasiado del espía y que nos centremos en una invasión que llegará de todas maneras, con espía o sin él.

A todos les pareció una reflexión sensata.

—Además, tengo el presentimiento de que ya hemos agarrado a Sebastián —dijo Nicolás, mirando a Pervis de soslayo.

Esa acusación me molestó. Además, llegó en el momento preciso en que me disponía a proclamar mi apoyo a Pervis contra viento y marea. Aquella era la oportunidad que había estado esperando para liberarlo de sus grilletes.

—No creo que sea beneficioso acusar a Pervis sin ton ni son —repliqué—. No tenemos ninguna prueba para sospechar de él. Es más, creo que debería ser la última persona de quien debamos desconfiar: él es el único que trabajó mano a mano con Warvold antes de que los convictos llegaran a Bridewell. Además, tendremos muchas probabilidades de éxito si lo ponemos al frente de nuestros hombres en la batalla.

—Tiene razón —dijo Grayson—. Yo llevo más tiempo que él en Bridewell, pero cuando empecé a trabajar en la biblioteca, Pervis ya pertenecía al círculo inmediato de Warvold.

Pasados unos minutos, el grupo ya estaba prácticamente convencido de que sospechar que Pervis fuera Sebastián era poco menos que ridículo y se acordó que sería mucho más útil libre que encadenado. Convinieron en reducir sus cargos a una simple acusación de ebriedad y alteración del orden, y lo dejaron en libertad tras una breve y contundente reprimenda verbal.

—Me alegro de tenerte de nuevo entre nosotros —le dije mientras él se frotaba las muñecas irritadas por el roce del metal.

—Y yo me alegro de volver a mi trabajo —contestó Pervis—. Detesto las vacaciones.

Empezamos a estudiar el mapa para trazar nuestro plan defensivo. Me incliné hacia el mapa para apreciar mejor los detalles a la luz del día, que se proyectaba sobre nosotros desde el ventanal en un generoso y oblicuo haz.

—Si observan el mapa apreciarán que las líneas marrones representan los túneles de matorrales —dije—. Las líneas negras representan los túneles subterráneos. Como ven, algunas llegan hasta Bridewell, pero sólo una de ellas parece tener cierto valor estratégico: esta de aquí.

Pasé el dedo por una línea del mapa que salía de los Montes Negros y se extendía hasta un punto en el centro mismo del mapa, donde terminaba abruptamente.

—Si no me equivoco, este punto coincide con la plaza de Bridewell. Seguramente los convictos habrán seguido excavando hasta quedar a poca distancia del empedrado. Es previsible que cuando llegue el momento del ataque, rompan el empedrado y entren en la ciudad como una plaga de ratas.

Nicolás se inclinó sobre el mapa y trató de estimar la distancia y la dirección de esa línea.

227

—Su cálculo no ha podido ser más preciso —dijo—. Esto parece el centro de la ciudad. Miren, aquí está Renny Lodge formando una línea casi contigua con la muralla. Si no salen en la misma plaza, como dice Alexa, no creo que lo hagan mucho más lejos.

Nicolás levantó la mirada y sonrió. Eso fue suficiente para perdonarlo por haber acusado a Pervis sin fundamento.

—Hay más —dije—. Es importante que cerremos la ciudad lo antes posible, de manera que ningún espía pueda salir. Así, los convictos no tendrán forma de averiguar que hemos descubierto su plan. Creo que Sebastián y sus hombres se comunican mediante un halcón mensajero. Los animales complican un poco la situación, pero por fortuna Yipes dispone de su propio halcón.

Les expliqué que el ave de Yipes llevaba varias horas sobrevolando los Montes Negros en busca de un posible punto de encuentro donde los convictos y su halcón mensajero pudieran estar intercambiando información.

—Tengo esperanzas de que el halcón que los convictos emplean para comunicarse con Sebastián, y viceversa, haya sido interceptado. Creo que Yipes tiene enjaulado al halcón traidor en algún lugar de las montañas. Si así fuera, Sebastián tendrá serias dificultades para comunicarse con los suyos.

Me dio gusto ver esa colección de caras embobadas. Claramente me atribuían a mí todo el mérito de mis

hallazgos, pues nada sabían de todo ese ejército de animales aliados.

—Lo mejor que podemos hacer es dejar que los convictos prosigan con sus planes y dejar que ataquen en
plena noche. Si Yipes tiene razón y nuestros cálculos no
fallan, los convictos atacarán en el centro mismo de la
ciudad, hoy a medianoche.

—Aunque así sea, Alexa, no disponemos de tiempo
suficiente para trazar un plan defensivo —dijo mi padre—.
Debemos ponernos en contacto con Yipes para ver si hay
alguna manera de abortar el ataque desde el exterior.

—No estoy de acuerdo —replicó Pervis—. Lo único
que tenemos a nuestro favor es el elemento sorpresa. Si lo
sabemos aprovechar, podremos pillarlos desprevenidos.
Lo que realmente necesitamos es un buen plan, y creo
que se me está ocurriendo uno con bastantes posibili-
dades de éxito.

Pervis estudió el mapa detenidamente. Luego pidió
que le pasaran la nota de Yipes y la leyó en voz alta:

—"Su única esperanza es derribar lo que han construido". No puedo quitarme eso de la cabeza y creo que
sé qué es exactamente lo que pretende que hagamos.

Pasamos la hora siguiente planificando nuestra estrategia y estudiando los posibles escenarios en caso de
que las cosas no salieran como creíamos. Todos conveni-
mos en que era un plan excelente, pero nos preocupaba
seriamente que pudiera hacerse a tiempo. Dimos la

planificación por concluida al mediodía, lo cual nos daba doce horas exactas hasta el momento en que preveíamos que empezara la invasión.

Se convocó a todos los vecinos de la ciudad al salón principal de Renny Lodge y a cada uno se le asignó una tarea para llevar a cabo el plan defensivo. Contábamos con un total de ochenta personas, guardias y centinelas incluidos. Se cerraron las cuatro puertas de la ciudad y se incrementó la vigilancia en cada una de ellas. Las puertas de la biblioteca se cerraron con llave para que nadie tratara de salir por el túnel. Si efectivamente había un espía entre nosotros, era esencial eliminar toda posibilidad de comunicación entre él y los convictos.

Al caer la noche, la ciudad se había convertido en un hervidero de actividad. Todos aportaban su granito de arena. Al llegar el ocaso, estaba tan cansada que me quedé dormida de pie, recostada en la pared. Mi padre quiso llevarme a mi alcoba a descansar, pero me negué.

—¿Y tú cómo estás? —le pregunté adormilada.

—En términos generales, bastante bien. Han pasado muchas cosas en muy poco tiempo.

Se dio la vuelta para marcharse y titubeó, como si hubiera querido decirme algo, pero se quedó callado con la mirada fija. Sobre la frente se le había formado un bucle de pelo en forma de S. Se lo apartó con su tremenda mano y se fue por el pasillo mientras yo caía en un profundo sueño.

# CAPÍTULO 23

# UNA CRIATURA MÍTICA

—¡Que me lleven los demonios! No queda ni una gota de mermelada de fresa. Ese Pervis seguro que ha venido por la noche y se la ha comido toda.

Faltaban unas horas para la medianoche y yo estaba en la cocina. A medida que se aproximaba el momento de la invasión me sentía más y más pletórica. Grayson estaba de un humor de perros y yo hacía lo posible por calmarlo.

—Tengo una idea, Grayson. Si todo sale bien esta noche, le diré a Silas que te traiga un carro lleno de fresas para que te pases todo el día comiendo mermelada.

Había un denso aroma de pan caliente y de manzanas rojas y verdes recién cortadas. Mientras me llenaba el plato, Grayson miraba muy de cerca una galleta, estudiando su forma y tamaño.

—Lo que me faltaba era ver estas galletitas, tan perfectas, recién sacadas del horno —dijo—. Comerlas solas sería un pecado.

Grayson arrojó la galleta contra la mesa, haciéndola estallar en mil migajas.

Yo comía con avidez y bebía leche a grandes sorbos,

tratando de rellenar hasta el último tanque de combustible de mi organismo. Al levantar la mirada del plato, vi a Grayson escudriñando con la mirada algo que se acababa de sacar del bolsillo.

—Creo que esto es tuyo, ¿no? —dijo, mostrándome la navaja—. Supuse que la dejaste ahí por algún motivo, así que tapé la gatera con una estantería para que no se escaparan los gatos. Por cierto, están muy agitados. No hacen más que arañar la puerta. ¿Qué crees que les puede haber pasado?

Me había olvidado totalmente de Sam y Pepper. Tomé un sorbo de leche para ganar tiempo y preparar mi respuesta.

—Creo que no será mala idea mantenerlos encerrados durante un tiempo —dije, limpiándome un bigote de leche con la mano—. Es difícil de explicar, pero si los soltamos ahora puede que nos den problemas. Quizá te explique el porqué cuando todo vuelva a su cauce, pero de momento prefiero no hacerlo.

Grayson hizo un gesto de conformidad y se metió una gran cucharada de avena en la boca. Luego me pasó la navaja y se quedó cabizbajo, removiendo el alimento que tenía en su cuenco.

—No tenía nombre, ¿sabes? —dijo Grayson.

—¿Quién?

—Yipes. Cuando lo conocí, no tenía nombre. Sus padres lo abandonaron en la calle. Me dijo que vivió un tiempo en el orfanato de Ainsworth y que allí tampoco se molestaron en ponerle nombre. No era más que un número en aquel lugar infecto, un número insignificante.

—Pues se ha puesto un nombre un tanto extraño —le dije.

—Ya lo creo —balbuceó Grayson con la boca llena—. Aunque mi opinión no es imparcial, pues yo intervine en la decisión.

Grayson explicó que fue en una fría tarde de invierno en la biblioteca. Los dos estaban colocando libros en los estantes y Grayson dio con un ejemplar con las tapas deshechas. Se lo llevó a su despacho seguido de Yipes que, al llegar, se encaramó a un estante y se quedó observando el minucioso trabajo de su amigo protector. Cuando terminó de arreglarlo, abrió el libro por el centro y empezó a pasar páginas para comprobar que el lomo hubiera quedado bien cosido. A Yipes le llamó la atención una página en particular y dijo: "Léeme esa". Aunque era muy diestro colocando libros, lo cierto es que en ese entonces no sabía leer ni escribir.

El libro era una especie de bestiario, repleto de criaturas fantásticas de principio a fin. En algunas páginas había ilustraciones a plumilla de monstruos y extrañas criaturas en paisajes aun más insólitos. En la página que llamó la atención de Yipes había un dibujo de una grotesca criatura, una especie de hombre mono pequeño. A medida que Grayson iba leyendo su descripción, se fue dando cuenta de que compartía muchas cualidades con su pequeño amigo. Era una criatura menuda capaz de trepar

233

y saltar con una agilidad asombrosa. Además, era tímida y rehuía a los humanos.

—Aquellas criaturas fantásticas del libro se llamaban "Yipes". En cuanto terminé de leer la descripción, los dos estuvimos de acuerdo en que ese sería un nombre perfecto para él.

Grayson volvió a quedarse cabizbajo, como si estuviera perdido en un caudal de recuerdos.

—Está muy bien, Grayson —le dije—. La vida en el mundo exterior es tal y como él te la describió, o mucho mejor.

Grayson levantó la mirada y me miró con agradecimiento. Nuestra conversación hizo por su ánimo lo que no hubiera logrado una tonelada de comida, y los dos ya estábamos listos para reanudar nuestro trabajo.

Salimos juntos de la cocina y nos fuimos hasta el centro de la ciudad, donde todo el mundo se afanaba en sus respectivas tareas. Todos, hombres y mujeres, parecían agotados. El trabajo era constante, pero se avanzaba lentamente. Hasta el propio Pervis tenía dificultades para mantenerse en pie, y gritaba sus órdenes recostado en una pared. Me acerqué a él y le pregunté cómo iba todo.

—Yo diría que regular, Alexa —dijo—. Creo que no hemos estimado bien la magnitud del trabajo. A este paso no lograremos terminar a medianoche. Ganesh y tu padre han estado comentándolo y me han dado órdenes al respecto. He tenido que enviar a Silas a reclutar más hombres a Lathbury, Nicolás está haciendo lo mismo en

Lunenburg y he enviado a uno de mis guardias por refuerzos a Turlock. Aun así, no creo que lleguen a tiempo.

Preferimos no mencionar los riesgos evidentes de hacer un viaje tan largo sin acompañantes, así que nos miramos con resignación y cruzamos los dedos.

Grayson agarró dos palas y me pasó una.

—Llegó el momento de sacarnos callos —dijo, y nos quedamos trabajando bajo el polvoriento sol de la tarde, sudando la gota gorda hasta el anochecer.

Varias horas después, al filo de la medianoche, empezó a arreciar el viento, que levantó una sofocante polvareda en la plaza. A pesar del agotamiento extremo, todo el mundo seguía trabajando con un aguante sobrehumano.

—Se acerca una tormenta —dije.

Grayson se incorporó, dejó la pala y se acercó a mí, de cara al viento. Se recostó sobre la pared con su escaso pelo alborotado por el viento. Vimos a Pervis que se acercaba desde Renny Lodge con el viento golpeándole la cara. Caminaba con lentitud, prácticamente descamisado por el feroz vendaval que se oponía a su avance con ráfagas furiosas.

—¡Creo que vamos a terminar justo antes de medianoche! —gritó—. Ya estamos terminando los últimos detalles.

Aunque estaba visiblemente cansado, permanecía alerta, mirando alternativamente a los centinelas de las torres y a los trabajadores. Cuando sólo quedaba una hora para las doce, ya habíamos terminado el trabajo. No se encendieron las farolas. Tan sólo la pálida luz de la luna iluminaba la plaza. Las mujeres y los niños se refugiaron en las casas mientras los hombres, exhaustos, contemplaban con expectación y desasosiego la obra terminada. Se formó una larga cola ante las puertas de Renny Lodge, donde se distribuyó sopa y pan recién horneado. Mi padre fue el encargado de dar la sopa y el pan. Se pusieron mesas en el salón de fumar, que estaba caldeado por un generoso fuego.

Nos tomamos nuestras raciones de sopa en silencio, codo a codo, envueltos en una extraña aura de anticipación. El viento forcejeaba violentamente con las contraventanas, que se agitaban como si fueran los propios convictos en pleno asalto. La inquietud y el desasosiego no nos dejaron terminar la sopa. Después de varios sorbos, los vecinos de Bridewell salieron de nuevo con sus mendrugos de pan en la mano.

Los únicos en quedarse en el salón fuimos mi padre y yo.

—Has trabajado muy duro —dijo él.

—No me importa hacerlo —contesté.

—Alexa, ahora tienes que marcharte. Quiero que te encierres con llave en tu alcoba hasta que todo esto haya acabado. Ya has hecho suficiente —dijo.

Sólo de pensar en lo que se avecinaba me daban escalofríos, de manera que obedecí sin rechistar. Nos abrazamos, me retiré a mi alcoba y cerré la puerta con llave.

CAPÍTULO 24

# LA TORMENTA DE PAPEL

Cuando llegué a mi alcoba, faltaban diez minutos para la medianoche. Nada más entrar, cerré la puerta con llave. Me acerqué al alféizar a cerrar la ventana con el pelo arremolinado por el viento. Hasta entonces no había advertido que se cernían sobre nosotros negros nubarrones de tormenta que, al cabo de unos instantes, eclipsaron la luna y dejaron a la ciudad de Bridewell en unas tinieblas más negras que el valle más negro de los Montes Negros. Era una oscuridad casi perfecta, tanto, que ni siquiera podía distinguir entre la parte de dentro y de fuera de la muralla. Por un instante me pareció que la propia muralla había sido una ficción y que Bridewell se extendía hacia las colinas, pero la luna volvió a asomarse, proyectando su luz nocturna sobre las hiedras de la muralla, que reapareció en su tenebrosa majestad con la misma prontitud con que había desaparecido.

Tenía entre mis manos el libro favorito de Warvold, *Mitos y leyendas de la Tierra de Elyon*, que Grayson había reservado para mí. Después de mi viaje a extramuros, el título había cobrado un significado especial. Nunca se me había ocurrido pensar que nuestra tierra fuera realmente de Elyon. Para mí, *Elyon* no era más que un nombre. Acariciar esas páginas gastadas me producía una grata sensación, pero cada vez que lo abría se me deshacía entre las manos. Consideré dárselo a Grayson para que lo restaurara cuanto antes. Mientras estaba distraída con esos y otros pensamientos, las nubes taparon la luna y todo volvió a quedar en tinieblas. El temporal seguía arreciando con fuertes ráfagas. En cuanto noté los primeros goterones, aparté las manos del alféizar y cerré el libro para protegerlo.

—¡Alexa!

Me eché hacia atrás, perdí el equilibrio y caí al suelo, sin soltar el libro en ningún momento.

—Vaya, ahora la que se cae eres tú.

Era Murphy, que había trepado hasta la ventana abierta. Su presencia era una mala señal.

—¿Se puedes saber qué haces aquí? Tendrías que estar en tu puesto, ojo avizor —le dije mientras me levantaba del suelo.

—Precisamente, Alexa. Hace una hora fui a ver a Yipes y a mi regreso comprobé que habían abierto la trampilla.

—¿Estás absolutamente seguro? —pregunté. Presentía que mis temores empezaban a hacerse realidad.

—No me cabe la menor duda. Volvieron a poner el sillón en su sitio, pero marqué los puntos exactos en que reposaban las patas, y cuando volví, no coincidían —dijo alarmado—. No sé si habrá entrado o habrá salido por la puerta, lo que sí está claro es que alguien ha pasado por ahí.

Una ráfaga de viento irrumpió en la alcoba. Las contraventanas se abrieron y se cerraron con violencia contra la fachada. El viento me arrancó el libro de las manos. Se desencuadernó casi al instante formando un remolino de páginas en mi alcoba.

—¡Ay, no! —exclamé.

El viento, en retirada, se llevó afuera algunas de las páginas; las demás volaban desperdigadas por toda la alcoba en una auténtica ventisca de papel. Corrí al alféizar para cerrar cuanto antes las contraventanas. La lluvia arreciaba y los picaportes estaban resbaladizos. Vi varias páginas del libro de Warvold meciéndose en el viento. Una quedó atrapada entre las hiedras de la muralla, otra se quedó pegada en la cornisa mojada y otra más se alejaba más allá de la muralla hacia la oscuridad de la noche. Agarré la página de la cornisa, la arrojé hacia adentro y cerré las contraventanas.

Contemplé aquel panorama con horror. Había páginas por todas partes. Vi acercarse a Murphy, que traía consigo las tapas del libro para que le echara un vistazo. El libro quedó destruido para siempre y sin remedio.

—Qué desastre, Murphy. Por mucho que lo intentemos, nunca podremos recomponerlo.

La ardilla dejó las tapas del libro a mis pies y me miró.

—Lo siento, Alexa.

Me recosté en la pared y Murphy saltó a mi regazo.

Recogí lo que quedaba del libro y lo abrí. No quedaba ni una sola página encuadernada y, por si fuera poco, el cuero de la tapa interior se había desgarrado. Por la costura descosida de la tela asomaba el esqueleto de madera de la encuadernación. Aunque eso ya estaba así, al menos desde que tomé posesión del libro, el roto era mucho más visible sin página alguna que lo ocultara. Acaricié el borde como quien no quiere la cosa. Luego metí el dedo por el descosido y lo pasé por la madera. Noté una pequeña rugosidad en el interior, pero no le di mayor importancia, hasta que advertí que parecía de papel, más que de madera o de tela, así que examiné las tapas más de cerca. Tenía algo en su interior. Algo oculto.

Miré a Murphy atónita y arranqué la tela de la tapa. En su interior apareció una hoja de papel doblada. Dejé lo que quedaba del libro a un lado y desdoblé el tesoro con las manos temblorosas. Era una página arrancada del diario de Warvold. La fecha anotada en la parte superior coincidía con nuestra llegada a Bridewell para la reunión estival, posiblemente en el periodo comprendido entre la cena y el paseo por la ciudad. Un paseo del que nunca regresó.

Con el traqueteo del viento en las contraventanas, me dispuse a leer la nota a Murphy.

*Desde que perdí a Renny no he dejado de
preguntarme si el tal Sebastián es real. Mi regreso
a Bridewell me hace dudar aun más de ello.
¿Serían las sospechas de Renny cosas de su*

*imaginación? "Hay algo de él que no me gusta",
decía ella cuando llegábamos. Y en todo caso,
¿quién será ese Sebastián? ¿Será algo más que un
rumor esparcido por el viento? Antes de
comunicárselo a los demás tengo que estar
absolutamente seguro.*

*Grayson, me estoy haciendo viejo y veo
conspiraciones por todas partes.*

*Cuando esté muerto y vayas a restaurar el
libro, (sé que no podrás resistir la tentación)
encontrarás esta nota. Si mi muerte se hubiera
producido en circunstancias extrañas, lee la
página 194. De lo contrario, quema este libro
inmediatamente y vuelve a tus asuntos en paz y
tranquilidad.*

W.

—¿Por qué tuvo que darme Grayson el dichoso libro?
¡Lo único que faltaba es que la página 194 estuviera volando por ahí! —exclamé.

Murphy saltó al suelo y empezó a hurgar entre los papeles, mientras yo miraba las páginas que habían caído
sobre la cama. A los cinco minutos de búsqueda, teníamos
todas las páginas apiladas en una esquina de la alcoba.
Cada vez parecía más probable que la página que bus-
cábamos fuera una de las que volaron por la ventana; se me
antojaba que era la que quedó enganchada en la muralla.

—¡Alexa!

Era la voz estridente y apagada de Murphy que llegaba desde debajo de la cama. Estaba empujando la página 194 con el morro. Me agaché y la alcé entre mis manos.

El agua empezaba a entrar por las ranuras de las contraventanas. Murphy y yo nos acurrucamos en la esquina, junto a las demás páginas del libro, y leí la 194 en voz alta.

Supimos al instante quién era Sebastián, y Murphy dijo lo que ambos estábamos pensando:

—Hay que atraparlo.

# CAPÍTULO 25

# UNA ESTRECHEZ INSOPORTABLE

Descorrí el cerrojo y corrí por el pasillo seguida muy de cerca de Murphy. Al llegar al segundo piso, me detuve y miré por la ventana hacia el centro de la ciudad. La luna se asomaba entre las nubes en movimiento y proyectaba su luz sobre Bridewell. Llovía a cántaros y la tormenta volvió a ocultarla entre negros nubarrones. La plaza quedó otra vez en tinieblas.

Iba a necesitar un arma, así que pasé rápidamente por el salón de fumar y agarré un atizador que colgaba junto a la chimenea. Miré a Murphy y le indiqué con un gesto que nos dirigíamos a la biblioteca. Antes de salir fui por la lámpara de aceite que había sobre la mesa, la encendí y recogí un poco de mecha para que no llamara mucho la atención.

Atravesamos la cocina, subimos por las quejumbrosas escaleras y nos quedamos en el descansillo, ante las puertas de la biblioteca. Como sospechaba, las puertas estaban cerradas por dentro y la estantería que puso Grayson ante la gatera seguía en su sitio, bien afianzada.

—Me pregunto si Sam y Pepper siguen ahí dentro, vigilando —dije.

—Si están vigilando, deben de estar ocultos —contestó Murphy.

Horas antes, cuando fue a la biblioteca a investigar, Murphy no había visto a los gatos por ninguna parte. Nos preguntamos si habrían saltado por la ventana al lado del sillón, pero había demasiada distancia hasta el suelo. Aunque Murphy no tendría ningún problema para bajar por una pared de siete metros, los gatos tendrían que haber optado por un salto al vacío nada apetecible. Ningún gato en su sano juicio se habría atrevido a hacer semejante locura.

Los desgarradores truenos y el diluvio que se abatía sobre la ciudad daban un aire siniestro a Renny Lodge. Me agaché hacia la gatera y abrí la trampilla hacia mí. Traté de estimar el tamaño y el peso de la estantería que la bloqueaba. Había un espacio casi suficiente para que Murphy se escabullera hacia dentro, así que me senté en el piso, metí el pie por la gatera y empecé a empujar la estantería, suavemente primero y luego con todas mis fuerzas. La estantería no cedía ni un ápice. Mantuve la trampilla abierta con una mano, eché el pie hacia atrás y aguardé al siguiente trueno. Cuando estalló al fin, le di un taconazo a la estantería. Lo único que conseguí fue sentir un dolor tremendo en toda la pierna, y aquella obstinada estantería ni se inmutó.

Nos quedamos inmóviles durante unos instantes. Luego, sin previo aviso, Murphy saltó sobre mi pie y se metió de lado en un angosto pasillo que había entre la estantería y la pared. Hacía denodados esfuerzos por avanzar mientras yo me daba la vuelta para supervisar su progreso.

Hablaba con una voz ahogada que yo apenas alcanzaba a oír.

—Esto es de una estrechez insoportable. ¿Podrías empujarme un poco?

Estiré la mano hasta alcanzar su suave pelaje y empecé a empujar. La parte trasera de la estantería estaba tapada con madera pulida que facilitaba el avance, pero el muro de piedra era muy áspero. La ardilla avanzaba a trompicones. A medida que lo empujaba, Murphy miraba a la pared, a la salida y a la estantería. Tuve que contener las ganas de reír al imaginarme su carita chafada contra el muro, la nariz aplanada y la mirada perdida. Lo seguí empujando hasta que pasé el codo por la gatera. Ya no alcanzaba más. Murphy quedó a escasa distancia del final.

Estaba atascado.

—¿Alexa? —inquirió con un leve susurro.

—¿Sí? —dije con un temblor casi histérico en la voz.

—Gato —dijo.

Y entonces escuché la amenazadora y resonante risa de Sam por toda la biblioteca.

—¡Qué lástima, Murphy! Te has quedado atrapado en una posición bastante comprometedora, diría yo. Y no hay nadie que te pueda ayudar.

Ya no había más tiempo para silenciosas deliberaciones, así que me alcé y empecé a darle empujones a la puerta de la biblioteca, intentando entrar con todas mis fuerzas.

—Es inútil, Alexa. Ha llegado el fin de tu amigo y el fin de Bridewell. Te interesará saber que Sebastián ha logrado escapar, sano y salvo, sin ser descubierto. Como siempre, has vuelto a fracasar —dijo Pepper, que me hablaba desde el otro lado de la puerta con una voz provocadora.

Giré el atizador sobre mis manos, pensando en todo lo que había salido mal y creyendo, por un instante, que había sido derrotada.

Los gatos estudiaban la estantería, regocijándose en su pequeño momento de gloria. Metían las zarpas por la ranura en un juego cruel, mientras decidían cuál de los dos sacaría al pobre Murphy en pedacitos.

—Creo que debes ser tú quien haga los honores —bromeó Sam.

Me recosté en la puerta de la biblioteca y seguí mirando el atizador. Era una barra de metal forjado que terminaba en una punta afilada.

—Ojalá pudieras entrar, Alexa. Me temo que te vas a perder un espectáculo memorable —dijo Pepper.

Me acerqué sigilosamente a la gatera y abrí la trampilla.

—Ya está bien de contemplaciones —dijo Sam—. Sácalo de ahí.

Metí el atizador por debajo de la estantería lo más que pude y, como si fuera una palanca, lo levanté por un extremo. La estantería empezó a moverse lentamente, pero luego fue ganando velocidad hasta desplomarse sobre la estantería contigua. Se oyó el ruido de los libros que se desparramaron por el suelo y un estruendo de estanterías desmoronándose una detrás de otra, como fichas de dominó.

Cuando dejaron de llover libros escuché atentamente, esperando oír a los dos gatos en pos de Murphy, pero lo único que percibí fue el sonido de los últimos volúmenes cayendo al piso.

Luego oí el *clic, clic* mágico del cerrojo. Cuando dejó de sonar, me acerqué, giré lentamente el picaporte y empujé la puerta.

—Me he librado por un pelo —dijo Murphy, saltando del picaporte a mis pies.

—¿Dónde están? —pregunté.

Murphy me instó a que lo siguiera hacia adentro. A la pálida luz de la lámpara pude apreciar nueve o diez estanterías tumbadas. Por abajo asomaban dos colas de gato tiesas.

—Ay, cielos —dije.

Murphy se encaramó en un estante y se dirigió al túnel secreto, que estaba oculto detrás del sillón. Después, los dos nos adentramos hacia lo más profundo de la biblioteca.

# CAPÍTULO 26

# SEBASTIÁN

Nadie había cerrado las contraventanas y había agua por todas partes. Los estantes, el viejo sillón y decenas de libros estaban totalmente empapados. Llovía a cántaros y el aguacero seguía entrando a raudales. Aparté el sillón y descubrí la puerta secreta. Me saqué la llave plateada del bolsillo, abrí la cerradura y empujé la portezuela que daba al pasadizo. Un golpe de viento volvió a cerrarla de un portazo, y temí que algún enemigo pudiera haber escuchado el eco desde la oscuridad.

Abrí la puerta de nuevo, procurando tener más cuidado. La lámpara que dejé colgada junto a la escalera había desaparecido. Colgué la mía del clavo.

—¿Preparado? —pregunté a Murphy.

La ardilla asintió con la cabeza y me la puse en el morral con el atizador. Empecé a bajar peldaño a peldaño, como el primer día. Al llegar abajo, abrí el morral y puse a Murphy en el piso de tierra.

Me sorprendió ver que habían quitado cinco de los tablones que recubrían la pared que había detrás de la escalera. Comprobé que los tablones ocultaban un pasadizo oscuro y siniestro que nos miraba como un enorme ojo negro. Entré por la abertura seguido de Murphy.

Las paredes marrones reflejaban la tenue luz de mi

lámpara. Tenía la angustiosa certidumbre de que Sebastián saltaría sobre mí en cualquier momento. Bajé la lámpara, de manera que sólo iluminase lo que había justo enfrente de mí, y empecé a avanzar. Al cabo de un rato, el pasadizo cambió de rumbo y se ensanchó. Una pálida luz apareció centelleando en la distancia. Me detuve y puse la lámpara en el suelo, pegada a la pared; envié a Murphy en misión de reconocimiento. Cuando volvió, estaba muy agitado y casi sin aliento.

—Estamos en el túnel principal —dijo—. Más adelante se bifurca en dos direcciones, una que retrocede hacia Bridewell por una ruta diferente y otra que se aleja hacia los Montes Negros. En la esquina hay una antorcha encendida. ¿Qué debemos hacer?

Corrí hacia la luz a toda velocidad sin contestarle siquiera. Al llegar a la antorcha la saqué de su candelero y la froté contra el piso hasta apagarla. "Alexa, ¿se puede saber qué estás haciendo?", pensé.

Me saqué un trozo de papel del morral y lo puse a la luz de la lámpara. Era una copia a mano del mapa de los túneles que me había reservado para una eventualidad como esta.

—Seguramente habrá ido a buscar a sus hombres, en cuyo caso habrá tomado este túnel —le dije con el dedo puesto sobre una sinuosa línea negra, que empezaba desde el punto donde nos encontrábamos.

Le fui indicando con el dedo cada punto por el que pasaba el túnel.

—Más adelante llegará a esta intersección y descenderá hacia Bridewell por aquí. Si nuestro plan funciona, al acercarse al final se topará con una pared de tierra. Y para salir, no tendrá más remedio que pasar por esta intersección.

Me quedé mirando a Murphy para ver si lo había comprendido.

—Se ha quedado aislado de sus hombres y está buscando una escapatoria. Sabe que no lo logrará antes de que el pasadizo quede bloqueado —concluyó.

Nos quedamos inmóviles en la oscuridad. Oculté la luz de la lámpara entre mi cuerpo y la pared del pasadizo y esperamos sin movernos, lo cual suponía un castigo insufrible para Murphy. De cuando en cuando no resistía más y hacía una de sus piruetas.

—¿Y si hemos llegado demasiado tarde? —susurró.

Antes de que pudiera responderle, apareció un destello de luz que se aproximaba rápidamente desde lo más profundo del túnel. Pasé en cuclillas al otro túnel y me quedé agachada, esperándolo con el atizador en la mano. La luz iluminaba las paredes del túnel mientras se aproximaba con un movimiento de arriba abajo. Por fin pudimos distinguir la silueta de un hombre que se acercaba rápidamente. Oíamos su respiración fatigada y sus pasos sobre el piso de tierra. El eco apagado de los truenos llegaba hasta el túnel. Me asomé desde la esquina para ver a qué distancia se encontraba. Lo tenía a unos diez metros, se acercaba sin correr, pero a buen ritmo. Volví a ocultarme en la oscuridad, y cuando pasó delante de mí, apunté a las piernas y lo arreé con todas mis fuerzas por debajo de la rodilla. Sebastián soltó su lámpara y dio un grito desgarrador. Su reflejo inmediato fue darme la espalda y acercarse a la pared opuesta de la cueva. Se llevó las manos a la pierna. Pude comprobar que el golpe le había abierto una herida sobre el hueso y que sangraba a borbotones.

Saqué más mecha a la lámpara y la levanté, sin soltar el atizador. Sebastián seguía de espaldas, dando gemidos de dolor. Vi que se pasó la mano sobre la herida abierta, como queriendo comprobar si le había roto el hueso.

—¡Niña majadera! —gritó al tiempo que me arrojó un puñado de tierra a la cara. Caí al suelo y empecé a frotarme los ojos sin soltar el atizador en ningún momento. Sentí un fortísimo golpe en las costillas que me dejó sin respiración. Me quedé tumbada boca arriba y sentí que me arrebataban el arma. Esperé resignada a que me sucediera algo horrendo y doloroso.

—Si me sigues un paso más te atravesaré el corazón con este hierro.

Lo tenía tan cerca que podía sentir su sudor pungente goteándome en el pelo. Después de susurrar aquellas horribles palabras se alejó por el túnel. Oí cristales rotos y supe que debía de haber roto mi lámpara.

—Tiene una lámpara y nuestra arma y se dirige a los Montes Negros —gritó Murphy.

Podíamos oír a Sebastián, que se alejaba arrastrando

su pierna herida. Me senté y traté desesperadamente de limpiarme la tierra de los ojos, que me ardían como el fuego. Lo único que podía ver era una luz difusa que se alejaba en la distancia.

—No tengo luz ni con qué defenderme. Esto sí que es un éxito, ¿no te parece?

—Si nos apresuramos, podremos atraparlo —replicó Murphy, y se precipitó por el túnel sin darme tiempo de nada. Lo seguí tan rápidamente como pude. El golpe en las costillas me producía un dolor indescriptible que me fatigaba a cada paso. No me creía capaz de avanzar más de cincuenta metros. Al doblar un recodo del túnel volvió a aparecer la luz. Estaba más cerca, así que aminoré el paso. Seguí avanzando muy despacio hacia una cámara subterránea que me resultaba familiar y vi a Sebastián de espaldas. Estudiaba detenidamente un mapa que colgaba de la pared del túnel en busca de una salida.

Yo conocía el lugar.

Me pegué a la pared y avancé lentamente hacia él, buscando algún objeto contundente. Lo único que pude encontrar fue una antorcha encendida y avancé lentamente hacia ella. Oculto entre las sombras, Murphy esperaba el desenlace de los acontecimientos.

—Te advertí que no me siguieras —dijo Sebastián.

Oír aquella voz me produjo una gran impresión. Sentí que las piernas se me aflojaban y caí de rodillas al piso junto a la antorcha encendida. Sebastián seguía de espaldas a mí, totalmente inmóvil.

—De no ser por las pistas que has ido dejando, jamás hubiera sospechado que eras tú —dije con la voz quebrada por el miedo—. La primera en calarte fue Renny, pero a Warvold hubo que convencerlo. Dejó una serie de pistas que me llevaron a una página de su libro favorito en la que se describía a un dios elefante de una leyenda de más allá del cerro Laythen, a orillas del mar —le dije mientras me levantaba y buscaba la antorcha por la pared sin quitarle el ojo de encima—. Un dios imaginario llamado Ganesh.

Hubo un momento de silencio. Aparté la mano de la antorcha y esperé su reacción. Seguía sin dar la cara y empezó a hablar con una voz vieja y cansada.

—Yo era un joven vago y atolondrado y no tenía ninguna intención de trabajar. En Ainsworth, un joven de esas características sólo tenía dos opciones, espabilarse o emigrar —dijo.

Luego se volteó y me miró por vez primera con una mirada hueca y envejecida.

—Yo no hice ni una cosa ni otra, y a los diecinueve años me hicieron esto.

Sebastián se abrió la camisa y me mostró una *V* marcada a fuego en el pecho. Una *V* de vagabundo.

—En prisión bromeábamos diciendo que la *V* era de victoria, pero los carceleros de Ainsworth eran brutales. Los vagabundos recibían tales palizas que los dejaban al borde de la muerte. Muchos de ellos no fueron tan afortunados como yo.

Los ojos parecieron empañársele durante unos instantes de silencio.

—No es que me importara mucho; casi todos los criminales que conocí eran tipos malvados que habían cometido los más horribles crímenes. Aun así, tengo que reconocer que si Warvold no hubiera venido, todos nosotros estaríamos muertos hace mucho tiempo.

Se acercó lentamente hacia mí arrastrando su pierna herida.

—Por fortuna, Warvold llegó con su oferta. Las autoridades de Ainsworth estaban felices de poder deshacerse de nosotros. Warvold no era ningún blandengue, pero nos trataba con dignidad, siempre y cuando obedeciéramos las órdenes y cumpliéramos con nuestro cometido. Trabajábamos duro, sí, pero nos daba buena comida y una cama donde reponer fuerzas. La mayoría de nosotros sabíamos que esa era la mejor vida a la que podíamos aspirar.

Ganesh examinaba el atizador como quien no quiere la cosa. En su actitud había una inquietante aura de locura.

—Una vez terminada la muralla, Warvold y sus guardias nos devolvieron a Ainsworth, tal y como habían prometido. Por aquel entonces, muchos de nosotros teníamos treinta, treinta y cinco años. Estábamos envejecidos y agotados después de tantos años de trabajos forzados. Sabíamos que ya no éramos aquellos jóvenes fuertes, capaces y voluntariosos y eso nos horrorizaba.

»Las autoridades de Ainsworth no se imaginaron que Warvold fuera a cumplir su promesa y, desde luego, no planificaron nuestro regreso. Después de una semana en prisión pensé que me iba a volver loco. Diez años después, la cárcel volvía a estar a plena capacidad y nosotros duplicamos la población de reclusos de la noche a la mañana.

»Le hice una proposición a uno de los guardias. Le dije que si liberaba en el bosque a todos los reclusos que trabajaron en la construcción de Bridewell, nunca más sabría de nosotros. Le aseguré que permaneceríamos ocultos, que nunca nadie sabría nada de nosotros y que si eso llegara a ocurrir, estaríamos dispuestos a pagarlo con la vida. El guardia transmitió mi oferta a las autoridades. A ellos les pareció una oportunidad de oro para deshacerse de todos nosotros de una vez por todas, sin tener que ejecutarnos. A los pocos días nos soltaron en plena noche en medio de los Montes Negros.

Ganesh se veía cansado. El golpe parecía haberle fracturado el hueso de la pierna; el dolor tenía que ser insoportable. Empezó a mecerse hacia adelante y hacia atrás y se tambaleaba como un borracho, pero estaba decidido a terminar su relato.

—En cuanto nos soltaron, empezamos a planificar la ocupación de la ciudad amurallada. Bridewell es una fortificación fantástica. Sabíamos que si lográbamos controlarla, podríamos negociar con Ainsworth en igualdad de condiciones y convertir a Bridewell en una ruta comercial entre Ainsworth y las ciudades costeras de Turlock y Lathbury.

»Los que tuviéramos la marca del convicto en el rostro nos dejaríamos la barba. Como mi marca estaba cerca del mentón y tenía la barba muy tupida, fui el elegido.

»Poco después de llegar a los Montes Negros me fui a Turlock. Era una ciudad joven donde los colonos recién llegados se contaban por centenas. Empecé a trabajar en la construcción de casas y otros edificios y participé activamente en numerosos proyectos de planificación urbana. Un año después, ya había varios miles de habitantes y fui elegido alcalde. No había ningún familiar o conocido que pudiera delatar mi procedencia, y mi dedicación a los asuntos de la ciudad, con jornadas de más de veinte horas diarias, estaba fuera de toda duda. Era el candidato perfecto.

»El resto de la historia es evidente. Ya sabes todo acerca de los animales parlantes, de manera que es absurdo ocultarlo. Algunos de los convictos descubrieron la poza y sus extraños poderes. Entablaron amistad con el halcón, y el halcón con los gatos.

»Empecé a viajar a Bridewell para planificar la invasión. Era necesario ir recopilando poco a poco información vital para nuestros planes. Tendrían que pasar años para ampliar el ya extenso entramado de túneles. Esos años ya han pasado y aquí nos tienes. La invasión está a punto de ser una realidad.

—¿Y ahora qué vas a hacer? —le dije para que siguiera hablando—. Estás aislado, herido y has sido descubierto.

La mirada de Ganesh me heló los huesos. Seguía con el atizador en las manos, que colgaba a varios palmos de su herida sanguinolenta.

—Confieso que me siento aliviado después de contar mi historia, pero evidentemente la situación no ha cambiado en absoluto: nadie más sabe que estoy aquí y hay numerosas salidas. Tendré que matarte, tal y como maté a Warvold. Bueno, no igual que a él. A él lo envenené. Es asombroso y casi divertido que no tuviera la más mínima sospecha; quizá no fuera tan listo como todos habíamos imaginado.

Ganesh pareció perder el equilibrio, pero se enderezó al instante.

—Contigo, sin embargo, no tendré más remedio que derramar un poco de sangre.

Salté hacia la antorcha, la saqué del candelero y la blandí ante mí con ambas manos.

—¿De verdad crees que ese madero seco te va a salvar la vida? Lo dudo.

Me miró como poseído por un espectro sombrío y amenazante. Aquel no era Ganesh. Era Sebastián. Avanzó hacia mí y empecé a mover la antorcha de un lado a otro, entre él y yo.

Fue ganando terreno hasta tenerme a tiro con el atizador, pero cuando se disponía a arrebatarme la antorcha,

Murphy salió de entre las sombras, saltó a la pierna de Sebastián y le hundió sus agudos incisivos en su herida sangrante. Sebastián dio un alarido de dolor y de ira, miró hacia abajo y lanzó a Murphy hasta el otro extremo de la cámara subterránea de un certero golpe. Yo estaba arrinconada contra la pared opuesta al mapa. No tenía escapatoria y Sebastián se aproximaba liberando toda la ira acumulada durante tantos años de presencia clandestina en Bridewell. Avanzó rápidamente, me arrebató la antorcha de las manos y me sujetó contra la pared con el antebrazo.

—¡*Aaaaarrrrgggg*!

Sebastián dio un grito sobrehumano y alzó el atizador a modo de lanza. Cerré los ojos y aguardé el impacto.

No hubo tal impacto. Sentí un golpe súbito tras de mí y un sonido de madera astillada. Caí al suelo entre una densa polvareda. Empezó a caer tierra por todas partes y cuando quise saber dónde estaba Sebastián, no hallé ni rastro de él.

—¿Qué has hecho, Murphy?

Me deslicé contra la pared y encogí las piernas contra el pecho.

Cuando el polvo se asentó, vi que Sebastián estaba tumbado boca arriba. Sobre él había un hombrecillo lleno de tierra. A su lado estaba Darius, con sus poderosas y babeantes fauces a escasos centímetros del conspirador, preparado para lanzarle una dentellada mortal al más mínimo movimiento. Fue una precaución innecesaria. Sebastián yacía muerto con el cuello virado grotescamente tras la embestida del descomunal lobo.

—¡Yipes! —exclamé.

Me incorporé de un salto y lo estreché entre mis brazos con las fuerzas que me quedaban. Darius se acercó y se dejó acariciar su poderosa cabeza.

—Ya pasó todo. Ya está —dijo Yipes.

Al girarme comprobé que Darius y Yipes habían irrumpido a través de un enorme agujero. La cámara subterránea estaba cubierta de astillas y trozos de madera.

—¿Cómo han sabido...?

—Un presentimiento —dijo Yipes—, pero el verdadero héroe es Darius. Ha tardado horas en atravesar el túnel. Le ha costado dios y ayuda, pero quería asegurarse de que estuvieras a salvo. Como esta bestia no cabía por el agujero, tuvo que ir ensanchando el pasadizo a medida que avanzaba. Sin él no habríamos podido irrumpir a través de la pared. Es fuerte como un buey.

Murphy se acercó, aturdido y bamboleante. Estaba algo mareado, pero no parecía estar herido.

—Qué alegría verlos juntos de nuevo —dijo la ardilla, encaramándose sobre Yipes y susurrándole en tono jocoso—: Ten cuidado con esta, muchacho. Dicen por ahí que le encanta tirar por los aires a la gente menuda como nosotros.

Yipes hurgó en el bolsillo de su chaleco y sacó una

pequeña navaja afilada. Se acercó lentamente a Sebastián y le empujó la cabeza hacia un lado y le puso el filo de la navaja en el rostro. Me hizo un gesto para que me acercara y arrastró el filo por su mejilla hasta descubrir un fragmento de la letra *C* oculta tras su tupida barba.

—Parece que ya está todo aclarado.

Ni siquiera estoy segura de haberle oído decir esto. Lo único que recuerdo es la sensación de deslizarme por un larguísimo túnel a un lugar en las entrañas mismas de los Montes Negros; un lugar tan lejano e inaccesible, tan remoto y profundo, que nadie podría haber soñado siquiera con encontrarme. Un lugar muy oscuro.


—Despierta, Alexa. Despierta.

Sentí que estaba en lo más profundo de un pozo y que alguien tiraba de mí, hasta que desperté con la voz familiar de mi padre. Abrí los ojos y ahí estaba él, envolviéndome con su reconfortante mirada. Extendí los brazos y lo abracé por el cuello. Aunque el costado seguía doliéndome, creo que jamás le había dado un abrazo tan fuerte y tan largo.

—Te desmayaste —dijo—. Yipes intentó despertarte pero no lo consiguió y vino a Bridewell en busca de ayuda.

Miré a un lado y vi a Pervis, que inspeccionaba el cadáver de Sebastián. Siguió examinando el lugar de los hechos: las astillas y las maderas rotas, la abertura del túnel; cuando sus ojos dieron con aquel hombrecito sonriente, no cabía de su asombro.

Hasta aquel momento de silencio no había comprendido lo que había pasado. Yipes había vuelto a Bridewell, había estado en contacto con personas, con gente civilizada. Eso significaba que acabaría por perder el don de comunicarse con los animales.

—No puede ser —le dije—. Por favor, dime que no has ido.

Le extendí la mano y me la tomó entre las suyas, pero no quiso mirarme a los ojos.

—Ha merecido la pena, Alexa. Te lo digo de verdad. Además, tengo la sensación de que las cosas van a mejorar. Lo único que he hecho ha sido acelerar lo inevitable.

Mantuve mi mano entre las suyas durante un largo rato y sentí que los ojos se me inundaban de lágrimas.

—Gracias —suspiré emocionada.

Murphy se acercó, saltó hacia el nuevo túnel que daba a extramuros y se quedó mirando desde uno de los tablones rotos. Darius había desaparecido del mapa. Supuse que se marchó por donde llegó cuando Yipes fue a pedir ayuda a Bridewell para evitar que lo vieran los humanos.

—Vamos Yipes, ya es hora de irse —dijo Murphy.

Hice un gesto de aprobación y le solté la mano.

—Nos volveremos a ver —dijo antes de meterse por el agujero. Murphy desapareció en la oscuridad y volvió a reaparecer dando un prodigioso salto desde la entrada del túnel hasta mis brazos.

—Eres una heroína —dijo—. No tanto como yo, pero una heroína al fin y al cabo.

Lo abracé con fuerza, me puse en pie y lo volví a poner en la boca del túnel. Esta vez no volvió.

—Alexa, tenemos que subir a la superficie cuanto antes —dijo Pervis—. La batalla todavía no está ganada.

Abandonamos aquel cuartucho infecto y avanzamos por el túnel. Tenía a mi padre a un lado y a Pervis al otro. Era reconfortante tenerlos tan cerca.

—¿Quién es el roedor? —dijo Pervis, pasándome el brazo por encima del hombro.

—Es una ardilla, Pervis, una ardilla estupenda. Habla más de la cuenta, pero no es mala gente.

Pervis soltó una carcajada y yo lo miré con una sonrisa un tanto forzada.

Pensaría que era un chiste.

# CAPÍTULO 27

# MÁS ALLÁ DE BRIDEWELL

Al salir de Renny Lodge, el temporal de lluvia y vientos huracanados seguía azotando la plaza. En medio del aguacero se podía percibir un rumor inquietante de hombres y metales. La invasión había empezado.

Se oía perfectamente el avance amenazador del enemigo, pero no podíamos verlo. Los convictos seguían ocultos y todo parecía indicar que nuestro plan defensivo iba a funcionar. Todas las personas útiles de Bridewell pasaron doce horas construyendo una muralla dentro de otra. Sabíamos que el enemigo llegaría desde los Montes Negros, así que fuimos quitando los bloques de la muralla que daban al bosque de Fenwick para levantar un muro circular de siete metros de altura alrededor de la plaza. Así, el enemigo quedaría atrapado en una cárcel de piedra, no muy diferente a la que llevaba privándome de libertad toda mi vida.

En cuanto los convictos llegaron a la plaza, se hicieron estallar cargas explosivas en diversos puntos estratégicos de la red de túneles, lo que, confiando en que el mapa fuera preciso, bloquearía cualquier vía de escape. Sentí vibrar el empedrado de la plaza bajo mis pies y el hondo rugido de las detonaciones. La idea era esperar a que todos o, al menos, la mayoría de los convictos estuvieran fuera de los túneles para que nuestro plan los pillara totalmente desprevenidos.

—Seguro que intentarán escalar los muros. ¡Hay que darse prisa! —exclamó Pervis. Mi padre avanzaba con una expresión de fiereza en el rostro. Me miró con la orden inequívoca de regresar de inmediato a Renny Lodge y se alejó en silencio hacia la oscuridad de la noche.

Me quedé inmóvil bajo el chaparrón, temblando no sé si de frío o de miedo. Me horrorizaba pensar que el enemigo pudiera sortear el muro e invadir Bridewell, y que me hicieran prisionera o algo peor. Una ráfaga de viento se abatió sobre la plaza con tal fuerza que tuve que hacer esfuerzos para no caer de espaldas.

Nuestros hombres colocaron escaleras alrededor del muro y se dispusieron guardias en todo su perímetro. Tenían serias dificultades para mantener el equilibrio sobre la muralla en aquel aguacero huracanado, y temía que el viento los hiciera precipitarse a una muerte segura. Sin pensarlo dos veces, me dirigí hacia una de las escaleras. Mientras subía, recordaba en cada peldaño la patada en las costillas que me dio Ganesh. Llegué hasta arriba y me asomé.

Los convictos se encaramaban unos sobre otros, agarrándose con fuerza a los resquicios del muro. Tenía a mi izquierda un arsenal de piedras, cada una del tamaño de una manzana grande.

—¡Oye, tú! —exclamó un centinela desde mi flanco izquierdo—. ¿Qué haces ahí? ¡Bájate ahora mismo!

No era momento para reprimendas. El guardia tenía a los convictos a pocos metros de distancia. Yo también los tenía, y aunque no podía ver lo que pasaba al otro extremo de la plaza, era de suponer que el asedio progresaba de manera idéntica en todo el perímetro.

Agarré una piedra y se la tiré a un hombre que estaba a punto de llegar a la cima del muro. Le di en el hombro y soltó un alarido, pero siguió agarrado a la pared y prosiguió su ascenso con los dientes apretados. Agarré otra piedra y le di en toda la crisma. Esta vez cayó abajo, vivo pero herido.

La lluvia amainó y, con ella, el asedio de los convictos, que empezaron a retroceder y se agruparon en el centro de la plaza, como negras y brillantes rocas.

—¡Alexa!

Era Pervis, que se acercaba corriendo por el muro. Cuando llegó, me obligó a sentarme. Hasta entonces no me había dado cuenta de que estaba parada en el mismo borde, un golpe de viento hubiera significado mi muerte.

—¿Se puede saber qué haces aquí? —preguntó—. ¡Podrían haberte matado!

Me quedé mirando hacia el centro de la prisión que habíamos construido. Había algo que no cuadraba. Habían abandonado la idea de escalar el muro y se concentraron en el centro. Pero ¿dónde estaban los demás?

—¿Qué está pasando aquí, Pervis? ¿Se han vuelto a meter en el túnel?

Pervis me miró en silencio.

—Hemos enviado a varios hombres a comprobarlo, Alexa. Eso es todo lo que te puedo decir.

—Sí, ¿pero dónde se han metido?

Pervis volvió a mirarme con la mano sobre la frente para apartar la lluvia.

—Han muerto todos, Alexa. La mayoría de ellos, al menos, hace años que fallecieron. Los únicos supervivientes son los que ves allí abajo. Ven, vamos a bajarnos de aquí antes de que vuelva a arreciar el viento.

Pervis empezó a descender por la escalera y me esperó a mitad de camino. Lo seguí contenta de que alguien supervisara mi descenso por aquellas escaleras resbaladizas, peldaño a peldaño. Al llegar abajo, advertí que una gota de sangre le corría por la mejilla.

—¿Y esa herida en la frente? No me digas que te han alcanzado —le dije.

Se tocó la sien con un gesto de dolor y se limpió la sangre y el agua con la mano.

—Al subir por la escalera me escurrí y me di un golpe en la cabeza —dijo, palpando uno de los bloques de aquella muralla construida en menos de doce horas.

Como después supimos, tan sólo cincuenta y siete convictos participaron en la invasión frustrada de Bridewell. Todos los demás murieron, esperando a que Sebastián, es decir, Ganesh, diera la orden de ataque. Se

266

había aprovechado vergonzosamente de la desesperación de aquellos hombres, dispuestos a seguir ciegamente a cualquier líder. Mientras él vivía a sus anchas como un rey durante años y años, sus hombres quedaron abandonados a su suerte en aquellos túneles, enfermaron y murieron lentamente. Casi todos eran prácticamente adolescentes cuando los encerraron en Ainsworth. Al verlos allí, en el centro de la plaza, sentí que lo único que deseaban era un hogar. ¿Qué sería de ellos? Su futuro me produjo una desazón indescriptible, aunque el tiempo demostró que mis sentimientos eran infundados.

Varios días después, cuando las cosas empezaron a normalizarse, mi padre y Nicolás decidieron enviar a veinte de los prisioneros a Lunenburg, veinte a Turlock y los diecisiete restantes a Lathbury. Pensaron que sería más fácil controlarlos en grupos pequeños, y los tres municipios aceptaron a los presos sin queja alguna. Casi todos los convictos habían perdido el deseo de luchar, sobre todo cuando supieron lo que Ganesh había hecho con ellos. Algunos, aunque no todos, se reintegraron y se convirtieron en miembros productivos de la sociedad. Había, además, un grupo reducido de convictos que jamás debieron ser encarcelados. Uno de ellos, llamado John Christopher, acabó siendo un buen amigo mío, aunque esa es otra historia.

Varios días después del traslado de los convictos, mi padre y yo llevamos una cuadrilla de trabajadores al punto intermedio entre Bridewell y Lathbury, donde se hicieron sendos agujeros de dos metros a uno y otro lado de la carretera amurallada. Antes de regresar, mi padre y yo nos quedamos contemplando las montañas y vimos aparecer a Darius. Luego me asomé al bosque de Fenwick, que estaba al otro lado. De una arboleda surgieron otros dos lobos: Odessa y Sherwin. Después de tantos años, llegó al fin el día del reencuentro. Saludé a uno y a otros, y los tres lobos aullaron: "Gracias".

Jamás volví a entender el lenguaje de los animales.

# EPÍLOGO

Un mes después de la invasión, los habitantes de Bridewell votaron a favor de la destrucción de las murallas. Al cabo de seis meses, los enormes bloques de las murallas yacían hechos añicos a lo largo del valle, como una interminable lápida salpicada de flores y hierbas. Pervis les aconsejó a mi padre y a Nicolás que mantuvieran las murallas de Bridewell. Así lo hicieron. La ciudad es ahora una fortaleza amurallada en el centro del reino. Aunque no descarto que las murallas puedan tener alguna utilidad en un futuro lejano, para mí no son más que un mal recuerdo de un pasado opresivo que celebro haber dejado atrás.

Todos están de acuerdo en que la vida es mucho mejor así. Sin embargo, hay veces que el mundo exterior me asusta y, de cuando en cuando, extraño en secreto la sensación de seguridad que proporcionaban aquellas murallas. Vivir sin ellas es como hacerse mayor, como ese día en que te despiertas desprovista de la seguridad que conlleva ser niña y te ves al borde de un abismo. Las murallas han desaparecido y ya puedo hacer lo que me plazca; sin embargo, no estoy segura de estar preparada para tanta libertad.

Ahora, cuando viajo de Lathbury a Bridewell, veo animales por todo el camino. No entender sus palabras me demuestra que no queda nada de la niña que fui. Me consuelan las miradas de complicidad de algún zorro o alguna ardilla que se cruza en mi camino. Entonces recuerdo la emoción de aquellos días en que había tanto en juego. Hay momentos mágicos en los que siento que vuelvo a tener doce años y entiendo a los animales.

La última vez que fui a Bridewell me pasé horas y horas en la biblioteca buscando entre los estantes el libro ideal, o, como digo yo, mi compañero perfecto. Grayson y yo compartimos largas jornadas de lectura, adormilándonos unas veces y compartiendo la belleza de un fragmento en otras, como sólo hacen los amigos de verdad.

Pervis sigue siendo el responsable de nuestra seguridad. El derribo de las murallas parece haberlo desquiciado un poco más, y no deja de buscar posibles enemigos en los Montes Negros y en Ainsworth.

Yipes se mudó a Lathbury, pero sólo duró un mes. Extrañaba tanto sus montañas que acabó regresando a su casa a la orilla del río. No parece importarle la idea de pasar el resto de sus días en soledad. Se dedica a buscar piedras en la poza. Lo sé porque a veces lo acompaño, pero hasta ahora no hemos sacado ninguna de las piedras buenas. Siempre encontramos guijarros marrones e inertes, idénticos al que llevo colgando del cuello en mi talego.

De hecho, que yo sepa, toda la magia de Elyon ha desaparecido. Su marcha ha dejado un vacío palpable en todo el valle. Quién sabe, quizá la muralla tuvo el efecto de conservar la inocencia natural de los animales; una inocencia que se mantuvo hasta que las personas encontramos la forma de extinguir su magia. Es posible que sea un efecto propio de la naturaleza de los hombres, o quizá Elyon, si realmente existe, está empezando a alejarse, tal y como dijo Ander en el bosque. Cuánto lamento no haberle hecho más preguntas cuando pude hacerlo. Ahora temo que Elyon quede oculto para siempre en el profundo silencio que nos separa.

Últimamente no hago más que pensar en marcharme a un rincón del bosque donde sea posible entrar en una poza de agua gélida y salir con el don de hablar con los animales; un lugar que esconda mensajes cifrados y en el que moren valerosas y divertidas ardillas. A veces me siento tentada de decirle a Yipes que emulemos las hazañas de Warvold y que viajemos por el mundo en busca de rincones mágicos donde aún se note la presencia de Elyon. Lo malo es que ya no tengo doce años y, posiblemente, estas cosas solamente pasen cuando eres una niña.

Pienso una y otra vez en Elyon y en todo lo que Ander me contó sobre él. El misterio de ese mítico "creador" se ha infiltrado en mi mente y no puedo sacármelo de la cabeza. Estoy acostumbrada a un mundo pequeño y rodeado de murallas. Empiezo a pensar que esta tierra de Elyon es de una extensión y de un peligro inimaginables. ¿Cuántos misterios más me aguardarán más allá de los confines del reino?

Me pregunto qué pasaría si partiera en mi carruaje de Bridewell hacia Lunenburg y siguiera hacia Ainsworth y más allá; una niña de trece años que avanza hacia un horizonte sin murallas. Y ese conejillo, ¿acaba de guiñarme un ojo? Creo que acabo de ver a Ander entre la bruma, y ese aullido que llega con el viento entre las copas de los árboles puede ser de Darius. ¿Será que Elyon nos aguarda entre las sombras, anhelando nuestra compañía una vez más? Quizá no sea mala idea ir a ver a Yipes con una cesta de tomates.

*Continuará...*

# ΠΟΤΑΣ DEL AUTOR

*El límite de los Montes Negros* fue concebido, inicialmente, como un relato semanal por entregas para mis dos hijas. Si alguna vez te las encuentras por el mundo, tápate las orejas y aléjate corriendo. Son dos muchachitas parlanchinas y podrían anticiparte alguna peripecia de Alexa.

Bridewell existió en la vida real: es una prisión de Inglaterra donde a los vagabundos les marcaban la letra V a fuego.

Renny Lodge es el nombre de una de las dependencias de la prisión histórica de Bridewell.

Lathbury (la primera ciudad colonizada por Warvold) es el nombre de una ciudad del poema de Robert Frost, "The Mountain".

El Grob es una estrategia de ajedrez verdadera cuya función es la que se describe en este relato.

Cabeza de Vaca fue un explorador español del siglo XVI.

# SOBRE EL AUTOR

PATRICK CARMAN comenzó *El límite de los Montes Negros* como una historia para ser contada en la noche. Muy pronto los personajes y los lugares cobraron vida y así nació La Tierra de Elyon.

Antes de escribir esta, su primera novela, Carman ayudó a crear juegos de mesa, sitios de Internet, un programa de tutorías y un espectáculo musical que se escuchó en cientos de estaciones de los Estados Unidos y del mundo. En la actualidad reside en el noroeste del país con su esposa y sus dos hijas.

Para saber más de
Patrick Carman y La Tierra de Elyon,
visita:

www.scholastic.com/landofelyon